世界经典诗歌小说译丛

吴岳添　主编

大尉的女儿

［俄］普希金　著

刘文飞　译

中国盲文出版社

图书在版编目（CIP）数据

大尉的女儿：大字版 /（俄）普希金著；刘文飞译. —北京：中国盲文出版社，2019.7
ISBN 978-7-5002-8865-7

Ⅰ.①大… Ⅱ.①普…②刘… Ⅲ.①中篇小说—俄罗斯—近代 Ⅳ.①I512.44

中国版本图书馆 CIP 数据核字（2019）第 006465 号

大尉的女儿

著　　者：[俄] 普希金
译　　者：刘文飞
责任编辑：李　爽
出版发行：中国盲文出版社
社　　址：北京市西城区太平街甲 6 号
邮政编码：100050
印　　刷：东港股份有限公司
经　　销：新华书店
开　　本：710×1000　1/16
字　　数：97 千字
印　　张：10.5
版　　次：2019 年 7 月第 1 版　2019 年 7 月第 1 次印刷
书　　号：ISBN 978-7-5002-8865-7/I・1882
定　　价：35.00 元
编辑热线：（010）83190273
销售服务热线：（010）83190297　83190289　83190292

作者简介

亚历山大·谢尔盖耶维奇·普希金，俄国最伟大的诗人和小说家，俄国文学之父。1799 年 6 月 6 日生于莫斯科，1837 年 1 月 29 日在彼得堡郊区的一场决斗中身负重伤后死去。普希金是 19 世纪俄国文学崛起的标志，被视为俄国文学、俄国现代语言的奠基人，对俄国文学之后的发展产生了深远影响，已成为俄国文化的象征。普希金的主要作品有：抒情诗《皇村的回忆》《自由颂》《致恰达耶夫》《致克恩》《假如生活欺骗了你》《纪念碑》等八百余首，长诗《叶甫盖尼·奥涅金》等十余部，小说《大尉的女儿》《别尔金小说集》等十余部，另有大量剧作、童话、批评文字和历史著作。普希金的诗作在中国家喻户晓，他的《大尉的女儿》是第一部译成中文的俄语小说。

译者简介

刘文飞，首都师范大学教授，博士生导师，北京斯拉夫研究中心首席专家，中国俄罗斯文学研究会会长，中国作家协会会员，中国翻译家协会理事，中国俄罗斯东欧中亚学会副会长，享受国务院特殊津贴专家，国家社科基金、鲁迅文学奖、王佐良外国文学研究奖等奖项评委，俄国科学院《俄国文学》杂志和我国《世界文学》《外国文学》《译林》《俄罗斯文艺》等杂志编委，美国耶鲁大学富布赖特学者，俄罗斯利哈乔夫院士奖、“阅读俄罗斯”翻译大奖、俄联邦友谊勋章获得者。著有《二十世纪俄语诗史》《诗歌漂流瓶》《阅读普希金》《伊阿诺斯，或双头鹰》《别样的风景》《俄国文学的有机构成》《俄国文学演讲录》等书，有《普希金诗选》《三诗人书简》等译著四十余部，其中的《曼德施塔姆夫人回忆录》《悲伤与理智》先后入选“年度十大好书”。

序

吴岳添

您现在看到的是中国盲文出版社出版的一套真正的外国文学经典。

世界文学宝库中的名著琳琅满目，经过历代读者评论鉴赏、得以流传后世的杰作被称为经典。经典自然不胜枚举，因此编选经典的首要问题就是如何选择书目。

成立于1953年12月的中国盲文出版社，是为国内盲人服务的公益性文化出版机构，服务人群包括大约1000万有视力残疾的低视力读者。专供低视力读者阅读的大字版用纸量大、印数有限，成本较高，为实现有效出版，选题必须优中选优、精益求精。

中国盲文出版社精心策划的这套译丛，从以下三个方面满足了大字版图书的出版要求：首先，入选书目均为外国文学经典名著；其次，译者水平一流，从而保证了译稿的质量；第三，篇幅不长，每种图书字数基本不超过15万字。

从英国的莎士比亚、斯宾塞和雪莱到爱尔兰的叶芝，从德国的歌德、海涅到法国的波德莱尔，从俄国的普希金到印度的泰戈尔，乃至获得诺贝尔文学奖的西班牙诗人希梅内斯，哪一位诗人的名声不是有口皆碑、如雷贯耳？从奥地利的茨威格和卡夫卡到俄国的普希金、契诃夫，再到日本的芥川龙之介，法国从巴尔扎克、梅里美、左拉、都德到获得诺贝尔文学奖的法朗士，他们的小说都早已驰名于世、广为流传。

文学作品在世界上的传播需要翻译，经典更需要一流的译者才能生动传神。这套译丛的译者来自中国社会科学院外国文学研究所或著名高校，他们一直从事外国文学的研究和教学，具有深厚的学术功底和语言修养，成果丰硕、著作等身，曾获得国内外各种勋章和荣誉。他们经验丰富，译笔流畅、炉火纯青，由他们来翻译或删节经典，自然是驾轻就熟、游刃有余。更为可贵的是他们虽然大多年事已高，但都尽力发挥余热，热情支持出版社的约稿，积极投身于这项为残疾人服务的慈善事业，从而保证了这套译丛的顺利出版。

中国盲文出版社的张伟社长等领导对这套译丛十分关注，从确定选题到版本选择都事必躬亲。策划编辑包国红女士更是事无巨细都亲自过问，为确保译丛的质量而殚精竭虑。这套译丛为低视力读者打开了一个通向世界的窗口，使他们也能享受全人类共有的文化宝藏。在译丛出版之际，我谨向中国盲文出版社和全体译者致以崇高的敬意和衷心的祝贺，愿广大低视力读者能从这套译丛中获得阅读的乐趣。

2018 年国庆节

名誉要自小爱惜。

——民谚

目 录

第一章　近卫军中士

“他明天就会是个近卫军大尉。”

“没那个必要；让他先在军中混混。”

“说得好！就让他去受受苦……

……

但他的父亲是谁？”

——克尼亚什宁

我的父亲安德列·彼得罗维奇·格里尼奥夫年轻时在米尼赫伯爵的手下从军，后在17××年以中校衔退役。此后，他一直住在他位于辛比尔斯克的田庄里，在那儿和当地一位穷贵族的女儿阿芙多季娅·瓦西里耶夫娜·Ю结了婚。我们家有过九个孩子。我所有的兄弟姐妹都在很小时就夭折了。

当我还在娘胎里的时候，就蒙我们家的近亲、近卫军少校Б公爵的关照，以中士衔在谢苗诺夫军团注了册。如果母亲万一生下一个女儿，父亲就得去宣布那个不曾出现的中士的死亡，这样也就能把事情了结。在我完成学业之前，我一直算是在休假。那时，我们接受的不是现在这样的教育。五岁起，我就被交到马夫萨维里奇手上，他由于行为检点而被指定为我的男仆。在他的监督下，我十二岁时便认识了俄国文字，并能相当准确地判断一条猎狗的特性。就在这个时候，父亲又为我雇了一个法国人，这位波普列先生是被与够吃一年的葡萄酒和普罗旺斯橄榄油一同从莫斯科订购来的。萨维里奇很不喜欢波普列先生的到来。"谢天谢地，"他独自嘟囔道，"瞧这孩子干干净净的，吃得也好。干吗要花冤枉钱请这么个先生，好像自家的人都不顶用似的！"

波普列在法国原是个理发匠，后来去普鲁士当兵，后来又来到俄国，pour être outchitel[①]，虽说他对"教师"这个词的含义并不十分清楚。他是一个好小伙子，但却极端轻浮、放荡。他的一个主要弱点就是对女性的热情；他经常由于自己的柔情而碰壁，碰壁之后便整日整夜地唉声叹气。除此之外，他也不是酒瓶的敌人（照他自己的说法），也就是说爱多喝几杯（照俄国的说法）。但是，由于我们家只在午饭时才给酒喝，而且只给一小杯，再加上给教师的酒又通常是漏斟的，所以，我的波普列很快就习惯了俄国的露酒，甚至开始认为俄国露酒比他祖国的葡萄酒更好喝，对胃更有好处。我们很快就厮混熟了，虽然按照合同他必须给我讲授法文、德文及所有的学科，但他却认为尽快在我这里学会用俄语聊天要更好一些，在此之后，我们两人便各行其是了。我们很投机地生活在一起。我不

---

① 法文，意为：想当个教师。

希望别样的老师。但是不久，命运就将我们分开了，事情是这样的：

一天，胖胖的、麻脸的洗衣姑娘巴拉什卡和瞎了一只眼睛的放牛姑娘阿库尔卡不约而同地跪在母亲面前，承认自己有软弱的罪过，并痛哭着控诉说，那位先生利用她们的无知诱惑了她们。母亲认为这事可不是儿戏，就告诉了父亲。父亲的处理很简洁。他当即派人去叫那个法国流氓。仆人回答说，先生正在给我上课。父亲便来到我的房间。这时，波普列正躺在床上做着悠然的梦。我则在忙我自己的事。需要说明一下，家人曾从莫斯科为我订购来一张地图。这地图毫无用处地挂在墙上，那又宽又好的纸张早就被我看上了。我决定用它来做个风筝，此时，趁波普列在睡觉，我便干起了这件事。父亲走进来的时候，我正在往好望角上接一根长长的风筝尾巴。看见我在做这样的地理练习，父亲便揪了我的耳朵，然后又奔向波普列，很不客气地叫醒他，抛过一阵责备。波普列惊慌失措之中想要坐起身来，可是他起不来：这个不幸的法国人喝得烂醉。新账老账一起算。父亲抓着他的衣领把他从床上提起来，推出门外，当天便把他赶出家门，这使得萨维里奇无比高兴。我的教育也就这样结束了。

我过起纨绔少年的生活，整日里追追鸽子，和仆人的孩子们玩玩跳背游戏。不知不觉，我就过了十六岁。这时，我的命运发生了转折。

秋天里的一天，母亲在客厅里熬蜜饯，我贪婪地盯着沸腾的糖浆。父亲坐在窗边读他每年都能得到一份的《宫廷年鉴》。这本书总能对他产生强烈的影响：他每次读它都要带着一种特别的参与劲儿，而且，这种阅读总要引发他惊人的恼怒。母亲深知他的这个脾气，所以总想把这本倒霉的书藏得远远的，于是，他有时一连几个月都见不到这本《宫廷年鉴》。然而，一旦他偶尔找到这本书，便会一连几个小时也不撒手。这天，父亲就在读《宫廷年鉴》，还不时耸耸肩，低声嘟囔道："陆军中将！……他那时在我们连里只是个中士！……两枚俄国勋章的获得者！……难道我们早不就……"最后，父亲把《年鉴》摔在沙发上，陷入沉思，这副深思状可不是什么好兆头。

突然，他转身问母亲道："阿芙多季娅·瓦西里耶夫娜，彼得鲁沙多大了？"

"已经快十七了，"母亲回答说，"彼得鲁沙出生那年，就是娜斯塔西娅·加拉西莫夫娜姑妈瞎了一只眼的那一年，当时还……"

"好，"父亲打断母亲的话头，"该让他去从军了。和姑娘们追打，掏鸽子窝，他也该玩够了。"

很快就要和我离别的念头吓着了母亲，她惊得连勺子都掉进锅里，泪水在她脸上流淌。我却和她相反，喜悦的心情简直难以言表。在我的心中，服役的概念是和自由的概念、和彼得堡自在生活的概念融会在一起的。我把自己想象为一位近卫军军官，我认为那便是人类幸福的顶峰。

父亲既不喜欢改变主意，也不喜欢拖延实施自己的主意。我的出发日期已定下。离家的前一天晚上，父亲说他想给我未来的首长写一封信，并吩咐拿来纸笔。

“别忘了，安德列·彼得罗维奇，”母亲说，“替我向Б公爵问好；你就说，我希望他多多关照彼得鲁沙。”

“你胡扯些什么！”父亲皱着眉头说，“我干吗要给Б公爵写信？”

“你不是说你要给彼得鲁沙的首长写信吗？”

“是又怎么啦？”

“彼得鲁沙的首长就是Б公爵嘛。彼得鲁沙就是在谢苗诺夫军团注的册呀。”

“注册！他注没注册与我什么相干？彼得鲁沙要去的不是彼得堡。在彼得堡服役，他能学到什么？去学习挥霍，浪荡？不，要让他到军队中去吃吃苦，闻闻火药味，那样才能成为一个士兵，而不是一个游手好闲的家伙。在近卫军注了册！他的证件在哪里？拿来我看看。”

母亲从她的箱子里找出我的证件，那证件和我受洗时穿的褂子放在一起，母亲用颤抖的手把证件交给父亲。父亲认真地读了那证件，然后把它摆在面前的桌子上，开始写起他的信来。

好奇心折磨着我：如果不去彼得堡，那么将把我派到哪里去呢？我目不转睛地盯着父亲那杆移动得相当缓慢的笔。终于，他写完信，把信和证件一同封在一个信封里，然后摘下眼镜，把我叫到跟前，说道：“为你写的这封信是写给安德列·卡尔罗维奇·P的，他是我的老战友、老朋友。你去奥伦堡吧，就在他手下服役。”

这样一来，我所有那些辉煌的希望全都成了泡影！等待我的将不是欢乐的彼得堡生活，而是荒凉、遥远之地无聊的戍边生活。一分钟前我还满怀喜悦地设想着的从军，此时却让我觉得是深重的不幸。但是，争辩是不会有任何结果的。第二天早晨，一辆有篷马车驶到台阶前；一只箱子、一个装着茶具的食品箱和几个装着面包和馅饼的袋子被放到车上，这些东西是家庭宠爱的最后标志。父母为我祝福。父亲对我说道：“再见，彼得。你对谁宣了誓，就要忠诚为他服务：要听首长的话；但别去讨好他们；不要去抢什么差事；也不要推卸任务；你只要记住这样一句谚语：衣服要趁新爱护，名誉要自小爱惜。”母亲含着泪嘱咐我注重身体，并要萨维里奇好好照看我，家人给我穿了一件兔皮袄，外面又披了一件狐皮大衣。我和萨维里奇坐上马车出发了，我的眼泪夺眶而出。

当天夜里，我就到了辛比尔斯克，我要在这里过一天，以便买些要用的东西。买东西的事托萨维里奇去办。我留在旅馆里。萨维里奇一大早就去了商店。看厌窗外那条肮脏的胡同，我便在各个房间里随意走动。走进台球房，我看到一个身材高大的老爷，他三十五岁左右，蓄着长长的黑色唇须，身披一件长衫，手里握一根台球杆，嘴里咬着烟斗。他在和一个服务员玩球，那位服务员如果赢了就能喝上一盅酒，如果输了就要四肢着地钻过台球桌。我看起他们的游戏来。随着游戏的延续，钻桌子的次数越来越多，最后，服务员终于瘫在台球桌下。那老爷向服务员说了几句类似悼词的尖刻话语，然后就邀我来一盘。我因为不会玩而拒绝了。看来，这使他感到很奇怪。他看了我一眼，似乎很遗憾；但是，我们还是交谈起来。我得知，他名叫伊万·伊万诺维奇·祖林，是××骠骑兵团的大尉，他来辛比尔斯克是为了招募新兵，他就住在这家旅馆里。祖林邀请我和他一起随便吃顿午饭，就像士兵那样。我愉快地同意了。我们坐到餐桌旁。祖林喝了很多酒，也劝我喝，并说必须习惯军旅作风；他给我讲了许多军中的艳闻奇事，逗得我差点笑破肚皮，离开餐桌时我们已经完全成了朋友。这时，他提议要教我玩台球。“玩台球，”他说，“对我们军人弟兄来说可是少不了的。比如说，你行军来到一个小地方，你干什么好呢？又不能老是去揍犹太人。没办法，你只能去旅馆玩玩台球；因此，必须学会打台球！”我完全被他说服，便一心一意地学了起来。祖林高声夸奖我，对我的飞速进步惊叹不已，几番演练之后，他建议和我来赌钱，一个铜币一局，不是为了赢钱，而是为了别白玩，照他的话说，白玩是一种最恶劣的习惯。我同意了，祖林吩咐拿果酒来，劝我尝一尝，并反复强调说，我必须习惯军旅生活；要是没有酒，那还叫什么军旅生活呢！我听了他的话。与此同时，我们的赌局在继续。我端酒杯的次数越多，胆子便越大。我打出的球不时飞出台面；我火了，骂服务员，天知道那个服务员是怎么记的分，我下得赌注越来越大，一句话，我的举止就像一个没有任何约束的孩子。时间不知不觉地过去了。祖林看了看表，然后放下球杆，对我宣布道，我输给他一百卢布。这使我感到有些难堪。我的钱都在萨维里奇那里。我请他原谅。祖林打断我的话："没事！你请放心。我可以等一等，现在，我们去阿里努什卡那里吧。"

有什么可说的呢？这天晚上，我和白天一样过得很放荡。我们在阿里努什卡那里吃了晚饭。祖林不时给我斟酒，反复劝我要习惯军旅生活。离开餐桌时，我几乎连站都站不稳了；深夜，祖林把我送回旅馆。

萨维里奇在台阶上接我。见到我热心军旅生活的显著成果之后，他叹息了一声。"少爷，你这是怎么啦？"他抱怨道，"你在哪儿灌成这个样子？天哪！这样的作孽我可是从来也没见到过呀！""住口，老家伙！"我口齿不清地答道，"看来你倒是醉了，我要去睡觉……你帮我收拾一下。"

第二天我头昏脑涨地醒来，朦胧地记起昨天发生的事。萨维里奇端着一杯茶走进房间来，打断了我的思路。"太早了，彼得·安德列伊奇，"他摇晃着脑袋说道，"你放荡得太早了。你像谁呢？我记得，你父亲、你爷爷都从来没有喝醉过；你母亲就更不用说了：自打生下来，除了克瓦斯她什么也没喝过。这都是谁的罪过呢？就是那个该死的先生。他时不时跑到安季别夫娜那里去：'太太，来点酒吧。'现在，你也这样'来点酒'了！没说的，这都是那个狗崽子教出的好事。非要雇个异教徒来教孩子，好像老爷家里就没有自己人似的！"

我很惭愧。我背转过身，对他说："你走吧，萨维里奇；我不想喝茶。"但是，萨维里奇一旦开始说教，就很难叫他停下来。"你看看，彼得·安德列伊奇，这样放荡有什么好处？脑袋痛，饭也不想吃。一个醉鬼什么事也干不了……喝一点加蜜的酸黄瓜汤吧，最好还是喝半杯果酒。你说呢？"

就在这时，一个小男孩走进屋来，把伊·伊·祖林的一张字条交给我。我展开字条，读到下面几行字：

> 亲爱的彼得·安德列耶维奇，请把你昨天输给我的一百卢布交这个男孩带给我。我急等着钱用。
>
> 甘愿为你效劳的
>
> 伊万·祖林

毫无办法。我做出一副满不在乎的样子，转向萨维里奇，我的钱财、服装和一切事务的监管者，命他给这个男孩一百卢布。"什么！为啥？"吃惊的萨维里奇问道。"我欠他的钱。"我尽量淡然地回答。"欠钱！"萨维里奇越来越惊奇了，"少爷，你什么时候欠下的账？这事有些不对劲。随你怎么办，钱我是不会给的。"

我想，如果在这关键的时候我不能制伏这个固执的老头，往后便很难摆脱他的管束了，于是我傲慢地看了他一眼，说道："我是你的主人，你是我的仆人。钱是我的。我输了钱，因为我愿意输。我劝你不要自作聪明，没叫你做的事你就别做。”

萨维里奇被我的话惊呆了，他两手一拍，僵在那里。“你还傻站着干吗?”我生气地喊道。萨维里奇哭了起来。“彼得·安德列伊奇少爷，”他声音颤抖地说道，“你别让我愁死了。我的宝贝啊！听听我这个老头子的话吧：你给这个强盗写个条子，就说你是闹着玩的，我们没那么多的钱。一百卢布！我仁慈的上帝啊！你说，你父母一直绝对不让你赌博，除非是赌核桃的……”“别胡扯了，”我严厉地打断他的话，“快把钱拿来，要不我就掐着脖子把你赶出去。”

萨维里奇带着深深的忧伤看了我一眼，便去偿还我的债务。我很同情这个可怜的老人；但是我想赢得自由，证明我已不再是个小孩子。钱交到祖林的手上。萨维里奇想尽快把我带出这家该死的旅馆。他进来通报说，马已经套好。怀着良心上的不安，带着默默的忏悔之意，我离开了辛比尔斯克，没有去和我那位老师告别，也没有去想往后还能否再见到他。

第二章　向　导

此地是我的家园吗？
这陌生的异乡！
不是我自愿来到你这里，
是一匹好马带我到这厢；
是青春的活力和豪放，
是酒馆里芬芳的酒香，
引我这棒小伙来在异乡。

——古歌

我一路上的思绪并不十分愉快。我输的钱按当时的价钱讲，是一笔不小的数目。我内心里不能不承认，我在辛比尔斯克旅馆中的行为是愚蠢的，面对萨维里奇我也感到自己有罪。这一切在折磨着我。老人忧郁地坐在驾座上，背对着我，一言不发，只是不时咳嗽几声。我非常想和他讲和，但又不知从何处说起。后来，我终于对他说道：“喂，喂，萨维里奇！够了，我们讲和吧，是我不对；我自己也知道我错了。我昨天胡闹，还平白无故让你受了委屈。我保证往后学聪明些，听你的话。喂，别生气了；我们讲和吧。”

“唉，彼得·安德列伊奇少爷啊!”他深深地叹息了一声，答道，“我是在生我自己的气啊；这都是我的错。我怎能把你一个人丢在旅馆里呢！有什么法子？鬼迷了心窍！我想到要去教堂执事的老婆那儿，看看我们孩子的教母。还真是这样：去见教亲，走进牢门。这不就遭了灾了！……我还怎么去见老爷和太太啊？他们要是知道他们的孩子又是喝酒又是赌钱，那他们会说什么呢？”

为了安慰可怜的萨维里奇，我向他保证说，往后没有他的同意，我连一个戈比也不花。渐渐地，他安下心来，虽然还要不时地摇摇头，独自嘟囔道：“一百卢布啊！可不是件小事啊!”

我离我的目的地越来越近。我的四周呈现出一片片布满山岗和沟壑的荒原。积雪覆盖大地。太阳就要落山了。马车走在一条狭窄的道路上，更确切地说，走在农民的雪橇碾出的辙印上。突然，车夫向一旁张望起来，最后他摘下帽子，转身向我说道：

“老爷，是不是该往回走啊？”

“为什么要往回走？”

“天气靠不住啊，起风了；瞧，风把雪都吹起来了。”

“这有什么可怕的!”

“你瞧那边是什么？”(车夫用鞭子指了指东边。)

“除了白茫茫的草原和明晃晃的天，我什么也没看见。”

“瞧，瞧，那儿有朵云。”

我果然看见了天边的那朵云，起初，我把它看成是远处的一座小山。车夫对我解释道，云就是暴风雪的前兆。

我对此地的暴风雪早有耳闻，知道它能把整个车队给埋掉。萨维里奇同意车夫的意见，建议转回头去。但是我觉得风并不大；我指望能抢先到达下一个驿站，于是便命令加快速度。

车夫赶马急驶；但他一直在望着东边。马儿齐心协力地跑着。与此同时，风也越来越大。那朵白云变成铅色的乌云，它黑压压地腾升着，扩展着，逐渐遮蔽了天空。下起了小雪，刹那之间，便飘起鹅毛大雪。风在呼啸；暴风雪来临了。一转眼的工夫，阴暗的天空便和雪的海洋交织为一体。一切都消失了。“瞧啊，老爷，”车夫喊叫道，“糟了，暴风雪！……”

我从车内向外望了一眼，见四周一片阴霾，旋风肆虐。风的呼啸具有如此可怖的表现力，使人觉得它仿佛是有生命的；雪落在我和萨维里奇的身上；马儿一步一步地走着，很快就停下了。

“你为什么不走了？”我不耐烦地问车夫。“还怎么走？”他从驾座上跳下来，答道，“不知道往哪儿走了，看不见路，四周这么黑。”我开始骂他。萨维里奇却为他开脱。“你为啥不听劝呢，”他生气地说，“要是回客栈去，就能喝杯茶，一觉睡到天亮，等暴风雪停了再往前赶路。我们着什么急？又不是赶着去结婚！”萨维里奇说得对。没办法。

大雪就这样下着。马车旁边积起一个雪堆。马儿站在那里，垂着脑袋，不时打几个哆嗦。车夫在四周走着，由于无事可做便整理起挽具。萨维里奇发着牢骚；我环顾四周，试图发现一丝人烟或道路的痕迹，但除了风雪那混沌的飞旋，我什么也分辨不出……突然，我看到一个黑点。"哎，车夫，"我高喊，"快看，那边的黑点是什么？"车夫向那边望去。"天知道是什么，老爷，"他坐到自己的位置上，说道，"车不像是车，树也不像是树，好像还在动。兴许不是狼，就是人。"

我命令驶向那个不明对象，那个目标随即也迎面向我们移动过来。两分钟后，我们和一个人相遇了。

"喂，老兄！"车夫向他喊道，"请问，你知不知道路在哪里？"

"路就在这里呀；我站的地方就是实实在在的路啊，"过路人回答，"问这干吗？"

"听着，老乡，"我对他说，"你熟悉这地方吗？你能带我们找个过夜的地方吗？"

"这地方我熟悉，"过路人回答，"谢天谢地，我步行骑马，走遍了这一带。是啊，瞧这鬼天气，哪能不迷路呢？最好在这里停一停，等风雪静下来，天空亮起来，我们就能凭星星找到路了。"

他的冷静鼓舞了我。我已经决定把自己托付给上帝的意志，就在这大草原上过夜，就在这时，过路人突然敏捷地跳上驾座，对车夫说道："谢天谢地，不远处就有住家的；往右转，走吧。”

“我干吗要往右转？”车夫不满地问，“你看到哪儿有路了？恐怕啊，反正马是别人的，套具也不是自己的，你就不停地赶吧。”我觉得车夫是对的。“是啊，”我问道，“你为什么认为不远处就有人家呢？”“因为风是从那边吹来的，”过路人回答道，“我闻到了烟味；这就是说，离村子不远了。”他的机灵和敏锐的嗅觉使我感到吃惊。我让车夫往前赶。马儿在深深的积雪中艰难地迈步。篷车静静地移动，时而撞上雪堆，时而落进深沟，时而歪向这边，时而又倒向那边。此时的感觉，就像是乘船航行在波涛汹涌的大海上。萨维里奇哼哼着，不时撞上我的侧面。我放下车窗上的草帘，裹紧皮大衣，打起瞌睡来，暴风雪的歌唱和马车轻轻的摇晃在催我入眠。

我做了一个我永远也忘不了的梦，直到今天，每当我把自己生活中的奇遇和那梦境相互映照时，我仍觉得那个梦有着某种预兆性质。读者是会原谅我的，因为他凭经验也许会明白，一个人无论可能遭受怎样的鄙视，他还是会迷信的。

我就处在这样的心理状态中，现实让位于幻想，却又在朦胧的浅梦中和幻想交织在一起。我感觉到，暴风雪仍未停息，我们仍在风雪的荒原上徘徊……突然之间，我看到一扇大门，我驶进了我家庄园的庭院。我的第一个念头就是担心，怕父亲因我擅自回家、不听他的话而冲我发怒。我不安地跳下马车，我看见：母亲在台阶上迎接我，神情非常忧伤。“轻点，”她对我说，“你父亲病危了，他想和你告个别。”满怀恐惧的我随母亲走进卧室。我看到，房间里光线很暗；床边站着一些脸色哀伤的人。我轻轻地走到床前；母亲掀开帐子，说道：“安德列·彼得罗维奇，彼得鲁沙来了；他听说你病了，就赶了回来；你为他祝福吧。”我跪在床前，盯着病人。怎么回事？……我看到，床上躺的不是父亲，而是一个蓄着黑胡须的男人，他正开心地望着我。我困惑不解地转向母亲，问她：“这是什么意思？这不是父亲。我干吗要让这个男人给我祝福？”“反正都一样，彼得鲁沙，”母亲回答我，“这是为你主婚的干爹；吻他的手，就让他为你祝福吧……”我没有同意。这时，那男人从床上跳起来，从背后抽出一把斧头，左挥右舞。我想逃走……可是跑不脱；房间里满是尸体；我磕磕绊绊地绕过一具具躯体，在血泊中踉跄着……那个可怕的男人在亲热地招呼我，嘴里不停地说着：“别怕，快过来接受我的祝福……”恐惧和迷乱笼罩了我……就在这时，我醒来了；马儿停住脚步；萨维里奇抓住我的手，说道：“下车，少爷，我们到了。”

“我们到哪儿了？”我揉着眼睛问。

“到客栈了。上帝保佑，我们一直驶到围墙边。下来吧，少爷，快去暖和暖和。”

我走出篷车。暴风雪还在继续，虽然势头弱了些。四周一片漆黑，伸手不见五指。店主用衣襟遮着手提的灯笼，在门前迎接我们，接着，他把我领进一间虽然狭窄但相当干净的正房；屋里点着松明。墙上挂着一支步枪和一顶高筒的哥萨克帽。

店主是一位生长在亚伊克河流域的哥萨克，他看上去六十岁左右，但依然容光焕发，精神抖擞。在我之后，萨维里奇搬进食品箱，提出要生火烧茶，我也从来没有像现在这样想要喝茶。店主跑去张罗。

“那向导在哪儿？”我问萨维里奇。

“我在这儿，大人。”一个声音从我上面传来。我往高铺上一看，看到了那把黑色的胡须和两只闪亮的眼睛。“怎么，老弟，冻僵了吧？”“怎能不冻僵哩，我只穿了一件小呢褂！有过一件皮袄，说出来不怕人笑话，昨晚押给了酒店老板，我原来以为天不大冷哩。”这时店主搬着一只热腾腾的茶炊走了进来；我请我们的向导也喝杯茶；那汉子从高铺上爬了下来。我发现他是一个仪表堂堂的人：他年纪约四十岁，中等个头，身材较瘦，但肩膀很宽。黑色的胡须中露出几根白丝；一双炯炯有神的大眼睛来回转动。他脸上的表情很讨人喜欢，但也有点狡猾。他的头发剪得很短，在头顶上形成一个圆圈；他身上是一件呢褂和一条鞑靼人穿的灯笼裤。我递给他一杯茶；他抿了一口，皱了皱眉头。“大人，您行行好，让人给来杯酒吧；茶可不是给我们哥萨克喝的东西。”我愉快地满足了他的要求。店主从柜子里拿出一个酒瓶和一只杯子，走到他跟前，看了他一眼，说道：“嗨，你又来我们这边了！你是打哪儿来的？”我的向导意味深长地使了个眼色，用暗语说道：“飞进菜园，啄啄大麻籽；老婆婆扔石块，没打中。你们的人怎么样？”

“我们的人能怎样？”店主回答，然后也用暗语说道：“他们想去敲晚钟，但神甫老婆不让敲：神甫在做客，魔鬼在墓地。”

“别说了，大爷，”我的那位流浪汉说道，“天要下雨，就会有蘑菇；有了蘑菇，就会有篮子。这会儿（他又使了个眼色），你该把斧头藏在背后：守林子的人在巡逻啊。大人！为您的健康干杯！”说着，他端起杯子，画了一个十字，一饮而尽。然后，他向我鞠了一躬，又回到高铺上去了。

起初，我一点也没听懂那些黑话；但是后来我猜出，他们谈论的是亚伊克的部队，当时，在 1772 年暴动之后，这支部队刚刚被镇压下去。萨维里奇非常不满地听着他们谈话。他带着怀疑的神情，时而看看店主，时而看看向导。这家客栈，或者按当地的说法叫它大车店，所在偏僻，它独立在荒原上，远离所有的村庄，很像一个强盗黑窝。但是没什么办法。继续赶路的事连想也不能去想。萨维里奇的不安使我感到很好笑。这时，我也想睡了，便躺倒在一条长凳上。萨维里奇决定睡到壁炉上面的炕上去；店主躺在地板上。不久，整个小屋都响起了鼾声，我也睡得像个死人似的。

第二天早晨我醒得相当晚，我发现暴风雪已经停了。阳光灿烂地照耀着。一层耀眼的白色积雪覆盖着无垠的草原。马已经套好。我和店主结了账，店主只要了很少的钱，就连萨维里奇也没与他争执，没有像往常那样讨价还价一番，昨天的怀疑也从他的脑海里完全消失了。我叫来向导，对他的帮助表示感谢，并要萨维里奇给他半个卢布做酒钱。萨维里奇皱了皱眉头。“半卢布的酒钱！”他说道，“为什么？就因为是他把你拉到这个客栈里来的吗？随你的便，少爷，我们可没有那么些多余的半卢布。不管是谁都给酒钱，我们自己很快就要饿肚皮了。”我无法和萨维里奇争吵。我已经答应过他，钱由他全权支配。但是，不能对这位向导表示一下谢意，我是感到很遗憾的，因为，即便不能说他使我免遭一场灾难，那么也至少可以说是他帮助我摆脱了糟糕的处境。“那好，”我冷冷地说，“如果你不愿给钱，就把我的衣服送他一件。他穿得太少了。就把我的兔皮袄给他吧。”

“饶了我吧，彼得·安德列伊奇少爷！”萨维里奇说，“你的兔皮袄对他有什么用？他这条狗，在下一个酒店就会把它给喝掉的。”

“老头儿，”我的那位流浪人说，“我喝不喝掉它，这不关你的事。老爷他要把他的皮袄赏给我，那是他老爷的意思，你这当奴才的不该顶嘴，应该从命才是啊。”

“你这个强盗，连上帝都不怕！”萨维里奇气冲冲地回答他，“你见这孩子年纪小，就想利用他的不懂事来抢劫他。你要那兔皮小袄干吗？你那该死的肩膀根本套不进去。”

“请你别逞能了，”我对老仆人说道，“快去把皮袄拿来。”

“老天爷啊！”我的萨维里奇叹息道，“这兔皮袄还差不多是新的呢！给谁也好，偏偏要给这个穷酒鬼！”

不过，兔皮袄还是拿来了，那汉子马上就穿上它。果然，这件我穿着都略嫌紧巴的皮袄对于他来说是小了点。但是他摆弄一阵，还是穿上了它，只不过绷裂了衣缝。萨维里奇听到线头绷断的声音，几乎哭喊起来。流浪人对我的礼物非常满意。他一直把我送到马车边，深深地鞠了一躬，说道：“谢谢您，大人！上帝会报答您的善心。我一辈子也不会忘记您的仁慈。”他走开了，我也走远了，没有去注意萨维里奇的懊丧，很快，我便忘记了昨天的风雪，忘记了我的向导和那件兔皮袄。

到了奥伦堡，我径直去见将军。我见到的是一个身材高大、但因年老而驼了背的老人。他长长的头发已经完全花白。一身褪了色的旧军服能叫人记起安娜·伊万诺夫娜时代的军人，他说话时带有浓重的德国口音。我将父亲的信递给他。看到信封上的姓名，他飞快地看了我一眼。“我的上帝！”他说道，“不久之前，安德列·彼得罗维奇好像也就你这么大，可是如今他已经有这么大的孩子了！唉，时间啊，时间！”他拆开信，低声地读起来，还不时做出自己的评论。“‘尊敬的安德列·卡尔罗维奇大人，我希望大人您……’干吗来这个客套？呸，他真不害羞！当然，军纪是头等大事，但是给老朋友写信用得着这样吗？……

‘大人您没有忘记……’嗯……‘和……已故米元帅……远征时……还有……卡罗林卡……’啊哈，这位老兄！他怎么还记得我们干的那些恶作剧呢？‘今有一事……我把儿子托付给您……’嗯……‘您要把他攥在刺猬手套里……’什么叫刺猬手套啊？这大概是一句俄国成语……什么叫‘把人攥在刺猬手套里’啊？”他转向我，又问了一遍。

“这就是说，”我竭力以一副天真的表情回答他，“要态度温和，不要太严厉，要多给点自由，这就叫攥在刺猬手套里。”

“嗯，我懂了……‘就是别给他自由……’不，看来，刺猬手套不是你那个意思……‘附上……他的证件……’证件在哪儿？啊，在这……‘在谢苗诺夫团注的册……’好，好，一切都会办妥的……‘让我不论官职地拥抱你……像一个老战友、老朋友那样’——啊！他终于想到这一点……等等，等等……好的，老弟，”他读完信后，把我的证件放在一边，说道，“一切都会办妥的，你将作为一名军官被编进××团，好了，别浪费时间，你明天就去白山要塞，你在那里归米罗诺夫大尉指挥，他是个诚实的好人。你在那里能过上真正的部队生活，能学会军纪。在奥伦堡你没什么可做的；无所事事对一个年轻人是有害的。今天，就请你在我这里吃午饭。”

“我是越来越糟了！”我暗自想到，“我在娘胎里就已经是一个近卫军中士，可这对我竟然毫无用处！瞧我被弄到哪里来了？到了××团，到了靠近吉尔吉斯—卡伊萨克草原的一个偏僻要塞！……”我在安德列·卡尔罗维奇家吃了午饭，同桌的还有他的一个老副官。他的餐桌显示出一种德国式的严格节俭，因此我想，他害怕在他单身汉的餐桌边上时常看到一个多余客人，这就是他急忙把我打发到边境地区去的原因之一。第二天，我告别将军，向我的就任地点赶去。

第三章　要　塞

我们住的是碉堡，
吃的是水和面包；
万一凶恶的敌人
来我们这儿找馅饼，
我们就炮弹上膛；
给客人摆上宴席。

——士兵的歌

老一辈人哪，我的老爹。

——《纨绔少年》

白山要塞坐落在离奥伦堡四十里路的地方。道路沿着亚伊克河的陡峭堤岸伸延。河流尚未封冻，铅色的波涛在白雪覆盖、显得单调的两道河岸之间忧郁地泛着黑光。河的对岸，伸展着无垠的吉尔吉斯草原。我陷入深思，思绪大多是忧伤的。边防军的生活对我没什么吸引力。我努力想象我未来的指挥官米罗诺夫大尉的模样，认定他是一个脾气很大的严肃老头，除了军务之外什么都不懂，还会为了什么鸡毛蒜皮的小事把我关起来，只让我喝水、吃面包。这时，天色暗了起来。我们的马车走得相当快。“离要塞还远吗?”我问车夫。“不远了，”他回答，“瞧，已经能看见了。”我环顾四周，指望能看到威严的碉堡、塔楼和城墙；可是除了一个用原木做栅栏围起来的小村庄，我什么也没看见。村子的一边是三四个被雪埋住一半的干草垛；另一边是一架倾斜的风车，几只树皮叶翼无精打采地耷拉着。“要塞在哪里?”我惊奇地问。“就是这儿。”车夫手指村子答道。说话之间，我们已驶进村子。在村门口，我看见一尊破旧的铁铸大炮；街道既狭窄又弯曲；房子很低，大多是草顶的。我吩咐把车赶到指挥官那里去，一分钟后，马车停在一幢木头小屋前，这幢房子建在一块高地上，旁边是一座木质结构的教堂。

没人出来迎接我。我走过穿堂，推门走进前厅。一个年老的残疾士兵坐在桌子上，正在往一件绿军服的肘部缝一块蓝布补丁。我让他去通报我的到来。“进来吧，老爷，”残疾士兵回答，“我们的人都在家。”我走进一间干干净净、按老样子布置的小房间。屋角是一个放餐具的橱子；墙上挂着一个装着军官证书的镜框；镜框边显眼地挂了几幅民间版画，有几张画的是攻占基斯特里和奥恰科夫的场景，另几幅画的是“选新娘”“耗子葬猫”等。一位身着棉背心、裹着头巾的老太太坐在窗边。她正在绕毛线，一个身穿军服的独眼老人伸开两手为她绷线。“您有什么事，老爷?”她一边做着她的事，一边问道。我回答说我是来就任的，我有义务来拜见大尉先生，说这话时我把脸转向那个独眼老人，认为他便是要塞司令；但是女主人打断了我滔滔不绝的话。“伊万·库兹米奇不在家，”她说道，“他到盖拉西姆神甫家做客去了；不过反正是一样，老爷，我是他太太。请多多关照。请坐吧，老爷。”她唤来女仆，要她去叫军士。那个老人用那只独眼好奇地看了我一下。“我斗胆问一句，”他说道，“您原先在哪个团服役来着？”我满足了他的好奇心。“我再斗胆问一句，”他又说，“您干吗要从近卫军转到边防军来呢？”我回答说，这是上司的旨意。“兴许是因为一些有失近卫军军官身份的行为吧。”这个不倦地追根刨底的人继续说道。“废话说够了，”大尉太太对他说，“你瞧，年轻人路上走累了；他没有时间听你的……手抓紧些……你，我的老爷，”她转向我，继续说道，“你被送到我们这个荒凉的地方来，可别发愁哟。你不是第一个，也不是最后一个。熬上一阵，就会喜欢上的。阿列克赛·伊万内奇·施瓦勃林因为杀人罪被调到我们这里来，已经是第五个年头了。天知道是什么使他鬼迷心窍；你看看，他和一个中尉骑马跑到城外，都带着剑，一到那里就打了起来；阿列克赛·伊万内奇一剑刺死中尉，还当着两个证人的面！你说该怎么办呢？人生一世，谁人无过呢？”

这时，年轻的军士走进来，这是一个身材匀称的哥萨克。“马克西梅奇！”大尉太太对他说，“给这位军官先生找套房子，要干净些的。”“是，瓦西里萨·叶果罗夫娜，”军士回答，“能把这位大人安排到伊万·波列扎耶夫家吗？”

"瞎说，马克西梅奇，"大尉太太说，"波列扎耶夫那儿太挤了；他还是我的教亲哩，我们是他的上司，这一点他不会忘记的。你把这位军官先生……您叫什么名字，我的老爷？彼得·安德列伊奇？……你把彼得·安德列伊奇先生领到谢苗·库佐夫那里去。他这个骗子，把他的马放到我的园子里去了。那么，马克西梅奇，一切都还顺利吧？"

"谢天谢地，一切平安，"那个哥萨克回答，"只有普罗霍罗夫班长为了一盆热水，和乌斯吉尼娅·涅古里娜在澡堂里打了一架。"

"伊万·伊格纳吉奇！"大尉太太对那个独眼老头说，"你去调查一下普罗霍罗夫和乌斯吉尼娅，看他们谁是谁非。但你要把两个人都惩罚一下。你呢，马克西梅奇，忙你的去吧。彼得·安德列伊奇，马克西梅奇这就领您去您的住处。"

我行礼告退。军士把我领到一间农舍里，这房子建在高高的河岸上，坐落在要塞的最边沿。农舍的一半被谢苗·库佐夫一家占据，另一半归我。这房子原是一间相当整洁的正房，后被隔成两间。萨维里奇在屋里收拾起来；我则透过狭窄的窗户向外看去。我的眼前呈现出一片荒凉的草原。斜对面有几间小屋；街道上走着几只鸡。一个老太太端着猪食盆站在台阶上唤猪，猪猡则用友好的哼哼声回答她。我命中注定就要在这样一个地方度过我的青春！一阵愁闷袭上我的心头；我离开窗口，躺了下来，尽管萨维里奇劝了半天，我还是没吃晚饭，只听萨维里奇在伤心地念叨：“上帝啊！一点东西都不吃！要是孩子病了，老太太会怎么说啊?”

第二天早晨，我正要穿衣，房门突然被打开，一个身材不高的年轻军官走了进来，他脸色黝黑，显然不好看，但脸上的神情十分生动。“请您原谅，”他用法语对我说，“我冒昧地前来和您认识。昨天我就听说您来了；终于能见到一张像个人样的脸了，我的心情很急迫，实在憋不住了。您在这里再过上一段时间，就会明白这一点了。”我猜到，此人就是那位因为决斗被开除出近卫军的军官。我们立即相互作了自我介绍。施瓦勃林很精明。他的谈吐既尖刻又有趣。他兴高采烈地向我描绘了要塞司令的家庭和他的交往圈子，也对我命中注定要来到的这一地区作了介绍。我开心地笑着，就在这时，那个曾在要塞司令家的前厅缝补军装的残疾人走进来找我，他代表瓦西里萨·叶果罗夫娜请我去他们那儿吃午饭。施瓦勃林自愿和我一同去。

走近要塞司令的家时，我看到小操场上有二十来个上了年纪的残疾人，他们都扛着长柄镰刀，头戴三角帽。他们排成队列。要塞司令就站在队列前，这是一个精神抖擞、身材高大的老头，他戴一个尖顶小帽，穿一件蓝布长衫。见到我们，他便跑到我们面前来，对我说了几句热情的话，然后又忙着指挥去了。我们站在那里看操练；但是他叫我们先去瓦西里萨·叶果罗夫娜那里，并说他随后就到。“在这里，”他又添了一句，“您没什么可看的。”

瓦西里萨·叶果罗夫娜不拘礼节，热情地接待我们，对我就像对待一个老相识那样。那个残疾兵和帕拉什卡在摆桌子。“我的伊万·库兹米奇今天这是操的什么练哟!”大尉太太说，“帕拉什卡，去叫老爷回来吃饭。玛莎去哪儿了?”这时，走进来一个十七八岁的姑娘，她的脸庞圆圆的、红红的，淡褐色的头发齐整地梳在耳朵后面，通红的耳朵露了出来。最初一看，我并不很喜欢她。我是带着一种偏见看她的，因为施瓦勃林已对我描绘过大尉的女儿玛莎，说她完全是个傻姑娘。玛丽娅·伊万诺夫娜坐到角落里，做起针线活来。这时，汤端了上来。瓦西里萨·叶果罗夫娜没见到丈夫，便再次派帕拉什卡去叫他：“你就对老爷说，客人们在等你哩，汤都快凉了；谢天谢地，操练是跑不掉的，有他喊个够的时候。”很快，大尉就在独眼老人的陪同下回来了。“怎么回事，我的大老爷，”妻子对他说，“吃的东西早就摆好了，就是叫不回来你。”“瞧你，瓦西里萨·叶果罗夫娜，”伊万·库兹米奇回答，“我有军务在身，我在训练那些士兵呀。”“得了吧!”大尉太太反驳道，“什么训练士兵，还不是个虚名，他们学不会军务，你自己也搞不清楚。还是坐在家里吧，祷告祷告上帝；这样会更好一些。亲爱的客人们，请你们入席吧。”

我们坐下来吃饭。瓦西里萨·叶果罗夫娜的嘴一刻也不停，向我提了一大堆问题，诸如我的父母是谁，他们是否还健在，他们住在哪里，他们的家产如何，等等。听说我父亲有三百个农奴，她说道：“了不起啊！世上竟有这么富裕的人！可是我们，我的老爷，只有帕拉什卡这一个使女；但谢天谢地，我们的日子还过得去。只有一件事叫人发愁，那就是玛莎；姑娘该出嫁了，可她哪有嫁妆呢？只有一把梳子，一把扫帚，一个三戈比铜币（请上帝饶恕!），这铜币只够去澡堂洗个澡。如果能找到一个好人家就好了，否则就只能坐在家里当一辈子老姑娘了。”我看了玛丽娅·伊万诺夫娜一眼；她的脸羞得通红，眼泪甚至都滴到了她的盘子里。我很可怜她，便急忙转开话题。“我听说，”我极其冒失地说道，“巴什基尔人要来攻打你们的要塞。”“你是听谁说的，老爷？”伊万·库兹米奇问。“我是在奥伦堡听说的。”我回答。“不值一提！”要塞司令说，“我们这里早就平安无事了。巴什基尔人被吓倒了，吉尔吉斯人也挨了教训。他们恐怕不敢来打我们了；要是他们来打，我就会狠揍他们一顿，让他们安静个十来年。”“住在这个面临危险的要塞里，您不觉得害怕吗？”我接着转向大尉太太，问道。“习惯了，我的老爷。”她回答，“二十多年前，我们刚从团里来这儿的时候，天哪，我对这些该死的异教徒真是怕得很啊！那时，我一见到猞猁皮帽子，一听到他们的喊声，我的天啊，信不信由你，我的心就吓得不跳了！但是现在习惯了，就是有人来报告我们，说强盗就在要塞外面跑动，我也不会挪一下屁股的。”

“瓦西里萨·叶果罗夫娜是个勇敢的太太。”施瓦勃林郑重地说，“这一点伊万·库兹米奇可以作证。”

“是的，你说得是，”伊万·库兹米奇说，“她不是个胆小的妇人。”

“那玛丽娅·伊万诺夫娜呢?”我问,“也和你们一样胆大吗?”

“是问玛莎胆大吗?”她的母亲回答道,“不,玛莎的胆子很小。直到如今她还听不得枪声,一听到枪声就会发抖。两年前,伊万·库兹米奇在我的命名日里想出要用我们的大炮放上几响,可是她,我亲爱的小鸽子,几乎吓死过去。从那时起,我们也就不再放那该死的炮了。”

我们从餐桌边站起身来。大尉和大尉太太睡觉去了;我则去施瓦勃林那里,和他一起过了整整一个晚上。

第四章　决　斗

“请吧，请摆好姿势。

看我怎样刺透你的身体!”

——克尼亚什宁

几个星期过去了，我在白山要塞的生活不仅变得能让我忍受，甚至使我感到愉快。要塞司令一家把我当作亲人。这对夫妻是最可敬的人。伊万·库兹米奇是从士兵的后代成长为军官的，他没有受过教育，普普通通的，但是为人非常诚实善良。他的妻子管制着他，这倒也很适合他懒散的天性。瓦西里萨·叶果罗夫娜把军务当成她的家务，就像管理家庭似的管理着要塞。不久，玛丽娅·伊万诺夫娜也不再躲着我了。我们熟识了。我发现她是一个聪明、敏感的姑娘。不知不觉地，我喜欢上了这善良的一家人，甚至也喜欢上了伊万·伊格纳吉奇，也就是那个独眼的边防军中尉，施瓦勃林曾捏造说，中尉和瓦西里萨·叶果罗夫娜有不正当的关系，这事连一点影子都没有。但施瓦勃林对自己的捏造并不感到亏心。

我被提升为军官。我觉得军务并不繁重。在这座上帝保佑着的要塞里既没有检查，没有训练，也无人站岗放哨。要塞司令有时来了兴致，也会训练一下他的士兵；但他还是不能让那些士兵全都明白哪边是右哪边是左，尽管有不少士兵为了不出错，在每次转身前都要画一个十字。施瓦勃林有几本法文书。我开始阅读，于是便对文学产生了兴趣。我每天早晨都要读书，做翻译练习，有时还写写诗。我几乎每天在要塞司令家吃午饭，一天中的其余时间通常也在那儿度过；晚上，盖拉西姆神甫和他的妻子阿库尼娜·帕姆费罗夫娜有时也来要塞司令家，神甫的妻子是这一地区最能搬弄是非的人。当然，我与阿·伊·施瓦勃林天天见面；但他的谈吐我越来越不爱听了。我非常不喜欢他老是嘲笑要塞司令一家，尤其不喜欢他关于玛丽娅·伊万诺夫娜的那些尖刻的话。在要塞里我没有其他交往，可我也不想和其他人来往。

尽管有传闻，但巴什基尔人并未叛乱。我们的要塞四周一派安宁。然而，一个突如其来的内讧却打破了这片宁静。

我已经说过，我在进行文学写作。我的习作就当时的水准而言还是蛮不错的，几年之后，亚历山大·彼得罗维奇·苏马罗科夫曾对我的那些习作大加赞赏。一次，我写了一首我自己很满意的诗歌。众所周知，写作者有时会借征求意见的名义去寻找热心听众。于是，在写好这支歌后，我便带着它去见施瓦勃林，他是整个要塞中唯一能对诗人的作品做出评价的人。简短的开场白之后，我从口袋里掏出笔记本，向他朗诵了下面这首小诗：

驱除爱的情思，
我要把美人忘记，
啊，我要躲避玛莎，
幻想把自由获取！

可那迷惑的目光，
时时在我眼前闪现；
它扰乱我的心境，
它摧毁我的安宁。

你知道我的不幸，
玛莎，请把我怜悯，
别让我再忍受痛苦，
我已是你的俘虏。

“你觉得这首诗怎么样？”我问施瓦勃林，期待赞赏，就像期待我必定会得到的礼物那样。然而使我深感遗憾的是，平时总是很宽容的施瓦勃林这次却断然宣布，我的这首诗写得不好。

“为什么不好？”我掩饰起自己的遗憾，问他道。

“因为，”他回答，“这样的诗只配由我的老师瓦西里·基里雷奇·特列季亚科夫斯基来写，我觉得你的诗很像他那些爱情诗。”

说着，他从我手中拿过笔记本，无情地评价起每一行诗和每一个字来，非常尖刻地嘲笑、挖苦我。我忍受不住，从他的手中夺回我的本子，并说再也不会把我的作品拿给他看了。施瓦勃林对这个威胁又进行了嘲笑。“我们来看看，”他说，“你能不能信守诺言；诗人需要听众，就像伊万·库兹米奇在午饭前需要一瓶酒。这个你对她倾诉柔情、抱怨爱情的不幸的玛莎又是谁呢？就是玛丽娅·伊万诺夫娜吧？”

“这里的玛莎是谁，”我皱着眉头说，“这不关你的事。我不需要你的意见，也不要你来瞎猜。”

“唷嚯！好一个自尊的诗人，好一个谦虚的情人啊！”施瓦勃林还在说，他越来越让我愤怒，“不过你还是听听朋友的劝告吧：你要想成功，我建议你别用诗来行事。”

“先生，你这是什么意思？我请你解释一下。”

“乐意效劳。这话的意思就是，你如果想让玛莎·米罗诺娃晚上跑到你那里去，你用不着写诗，只要送她一对耳环就得了。”

我的血液沸腾起来。

“你为何对她持这种看法？”我勉强压着自己的火，问道。

“因为，”他带着魔鬼般的讥笑回答，“我根据经验得知了她的性格和习惯。”

“你撒谎，你这个混蛋！”我疯狂地叫道，“你是一个最无耻的骗子。”

施瓦勃林的脸色变了。

“这事没完，”他紧抓着我的手说，“您得答应和我决斗。”

“我随时奉陪！”我高兴地回答。这时，我真想把他撕得粉碎。

我立即去找伊万·伊格纳吉奇，见他正拿着针线，按大尉太太的吩咐把蘑菇串起来，好晾干了留到冬天吃。“啊，彼得·安德列伊奇！”见到我后他说道，“欢迎光临！是哪阵风把您吹来了？我斗胆问一句，您有什么事吗？”我简短地对他说道，我和阿列克赛·伊万内奇吵了架，现在我请他，伊万·伊格纳吉奇，来做我的决斗证人。伊万·伊格纳吉奇用他唯一的那只眼望着我，认真地听完我的话。“您是说，”他对我说道，“您想把阿列克赛·伊万内奇给刺死，还想要我做这事的证人？是这样吗？我斗胆问一句。”

“正是这样。”

“您饶了我吧，彼得·安德列伊奇！亏您想得出！您是和阿列克赛·伊万内奇吵了架？什么大不了的事！骂人的话是留不住的。他骂了您，您就去骂他；他打您的脸，您就抽他的耳光，抽两下，再抽第三下，然后你们就走开；我们再来给你们劝架。如果不是这样，而要去刺死自己身边的人，我斗胆问一句，这难道是件好事吗？您要是能一剑刺死他，让他这个阿列克赛·伊万内奇见鬼去，倒也是件好事；我也不喜欢他这个人。但要是他把您给刺穿了呢？那么会怎样呢？我斗胆问一句，谁是傻瓜呢？”

聪明的中尉的这番议论并没有使我动摇。我坚持自己的打算。“随您的便，”伊万·伊格纳吉奇说，“您要怎么做就怎么做好了。可我干吗要做这个证人呢？何必呢？我斗胆问一句，打架的事情难道没见过吗？谢天谢地，我和瑞典人、土耳其人都打过仗，我什么都见识过。”

我反反复复向他解释决斗助手的职责，可伊万·伊格纳吉奇怎么也弄不明白我的意思。“随您的便，”他说，“如果您硬要让我卷到这件事里去，我就要去见伊万·库兹米奇，遵守军人的职责，向他汇报说，要塞里有人有意要干一桩危害公家利益的坏事，问司令官先生要不要采取适当的措施……”

我吓坏了，忙请求伊万·伊格纳吉奇什么话也别对要塞司令讲；我好容易才说服他；他对我做了保证，于是我决定马上离开他。

这天晚上，我照例在要塞司令家度过。我竭力装出一副快快活活、心平气和的样子，以免引起怀疑，也好躲避各种烦人的问题；但是我得承认，我并没有处在我这种境地的人总要自我标榜一番的那种冷静。这天晚上我显得很温柔，很动感情。我觉得玛丽娅·伊万诺夫娜比平时更加可爱。我想到，我也许是最后一次见她，这一想法使她在我的眼中变得越发动人。施瓦勃林也来到这里。我把他领到一边，把我和伊万·伊格纳吉奇的谈话告诉了他。“我们干吗要证人，”他冷冷地对我说，“我们不要证人也行。”我们约好在要塞外边的草堆旁决斗，时间是明早六至七点之间。我们的谈话看上去非常友好，因此，看着高兴的伊万·伊格纳吉奇便一下说漏了嘴。“早就该这样了，”他满意地对我说，“好的吵架，不如坏的和好，丢了面子，但保住了命。”

“什么，你说什么，伊万·伊格纳吉奇？”正在角落里用纸牌占卜的大尉太太说，“我没听清。”

伊万·伊格纳吉奇看到我不满的神色，想起他的诺言，一下窘住了，不知该如何作答。施瓦勃林赶来帮了他的忙。

“伊万·伊格纳吉奇赞扬了我们的和解。”他说道。

“你跟谁吵架了，我的少爷？”

“我和彼得·安德列伊奇大吵了一架。”

“因为什么吵架？”

“因为一桩小事，瓦西里萨·叶果罗夫娜，是为了一首歌。”

“你们可找着吵架的理由了！为了一首歌！……到底是怎么回事？”

“是这么回事：彼得·安德列伊奇不久前写了一首歌，今天他当着我的面唱了这首歌，我也哼了我喜欢的一首歌：

大尉的女儿呀，
你别半夜去溜达……

“于是，我们就吵了起来。彼得·安德列伊奇开始很生气；但他后来也意识到，各人都有权唱自己爱唱的歌。事情也就这样了结了。”

施瓦勃林的无耻差一点把我给气疯了；但是除我之外，谁也没听懂他粗鲁的双关语；至少，谁也没去留意他那些话。话题从歌转向诗人，要塞司令指出，所有诗人全都是放荡的人，都是痛苦的酒鬼，他友好地劝我停止诗歌写作，说写诗会妨碍军务，也不会带来任何好结果。

施瓦勃林的在场使我难以忍受。我很快就和司令及其家人告别；回到家里，我查看一下我的佩剑，试了试剑锋，然后就躺下了，并吩咐萨维里奇明早六点多钟叫醒我。

第二天，在约定的时间，我已经站在草堆旁，等着我的对手。不久，他就来了。“我们有可能被人发现，”他对我说，“动作要快些。”我们脱去军服，只穿坎肩，我们拔出剑来。就在这时，草堆后面突然出现了伊万·伊格纳吉奇和五六个残疾兵。他要我们去见要塞司令。我们只得懊丧地服从；士兵们围着我们，我们跟在伊万·伊格纳吉奇的身后向要塞走去，伊万·伊格纳吉奇得意洋洋地领着我们，步态十分庄重。

我们走进要塞司令的家。伊万·伊格纳吉奇推开门，得意地报告了一声：“到！”迎接我们的是瓦西里萨·叶果罗夫娜。“啊哈，我的少爷们！这像什么话呀？怎么回事？什么？要在我们的要塞里搞凶杀！伊万·库兹米奇，马上把他们关起来！彼得·安德列伊奇！阿列克赛·伊万内奇！把你们的剑交出来，快交出来。帕拉什卡，把这两把剑拿到库房去。彼得·安德列伊奇！我真没想到你会这样做。你不觉得害羞吗？阿列克赛·伊万内奇倒也罢了，他就是因为杀人才被开除出近卫军的，他连上帝都不信；可是你呢？你在往哪条路上走呢？”

伊万·库兹米奇完全赞同妻子的意见，他还补充说：“你听到了吗，瓦西里萨·叶果罗夫娜说得对。在军事条例中，决斗是明令禁止的。”这时，帕拉什卡取走我们的佩剑，把剑拿到库房里去了。我忍不住笑了。施瓦勃林却保持着他的严肃。“虽然我非常尊重您，”他冷冷地对大尉太太说，“但我还是不能不指出，请您别费心来审判我们。请您把这件事交给伊万·库兹米奇，这是他的事。”“哟！我的少爷！”大尉太太反驳道，“难道丈夫和妻子不是同心同德的吗？伊万·库兹米奇！你还愣着干吗？马上把他们分开禁闭起来，只给面包和水，让他们的傻劲快些过去；再让盖拉西姆神甫给他们来一道宗教惩罚，叫他们求上帝宽恕，当众忏悔。”

伊万·库兹米奇不知该怎么做才好。玛丽娅·伊万诺夫娜的脸色非常苍白。渐渐地，风暴平息下来；司令太太静下心来，硬要我们两人相互接吻。帕拉什卡拿来我们的剑。我们离开要塞司令时，看上去已经和解了。伊万·伊格纳吉奇送我们出来。“您真不害羞，”我生气地对他说，“您对我发过誓，为什么还要向司令告发我们？”“上帝在上，我没对伊万·库兹米奇说过这事，”他回答，“是瓦西里萨·叶果罗夫娜从我这里问出了一切。她没通知司令，就安排好一切事情。再说，谢天谢地，事情就这样结束了。”说了这话，他便转身回去，只剩下施瓦勃林和我单独在一起。“我们的事不能就这么完了。”我对他说。“当然，”施瓦勃林回答，“你得用你的血来偿还你对我的无礼；但他们也许会监视我们。我们要装几天假。再见！”于是，我们像什么事也没发生似的分了手。

回到要塞司令家里，我照例坐到玛丽娅·伊万诺夫娜旁边。伊万·库兹米奇不在家；瓦西里萨·叶果罗夫娜在忙家务。我俩低声谈起话来。玛丽娅·伊万诺夫娜温情地向我说，我与施瓦勃林的争吵让所有人都很担心。“听说你们要用剑决斗，我简直吓死了。”她说，“男人们真奇怪！为了一句个把星期就能忘掉的话，他们就互相拼命，不仅要牺牲性命，而且还要牺牲良心和其他一些人的幸福……但是我知道，这场争吵不是您挑起的。恐怕，这是阿列克赛·伊万内奇的错。”

“您为什么这样想呢，玛丽娅·伊万诺夫娜？”

“是这样的……他可是个刻薄的人！我不喜欢阿列克赛·伊万内奇。他很叫我反感；这事也奇怪，我又不希望他也同样不喜欢我。这事让我很烦恼。”

“您是怎样认为的，玛丽娅·伊万诺夫娜？他喜欢您吗？”

玛丽娅·伊万诺夫娜语塞了，脸涨得通红。

“我以为，”她说，“我想，他喜欢我。”

“您为什么这样以为?”

“因为他向我求过婚。”

“求婚！他向您求过婚？什么时候?”

“去年。在您来之前两个月。”

“您没答应?”

“这您也能看出的。当然，阿列克赛·伊万内奇是个聪明人，出身名门，又有家产；但是，一想到婚礼时要当着大家的面和他接吻……决不！无论有什么好处也决不能答应!”

玛丽娅·伊万诺夫娜的话打开我的眼界，使我明白了许多事情。我明白施瓦勃林为什么老是说她的坏话。也许，见我俩相互爱慕，他便一心想要拆散我们。那些挑起我和他争吵的话现在让我觉得更加卑鄙，我明白，那些话不仅是愚蠢、下流的嘲讽，而且是处心积虑的诽谤。在我心中，想对这个无耻的造谣者进行惩罚的愿望更加强烈了，我在焦急不安地等待合适的机会。

我并没有等得太久。第二天，我在写作一首哀歌，正咬着笔杆寻找韵脚，这时，施瓦勃林敲了敲我的窗户。我扔下笔，拿起佩剑，出门向他走去。“还拖延什么?”施瓦勃林对我说，“有人盯着我们。我们去河边吧。那里没人碍我们的事。”我们默默地向那里走去。沿着陡峭的小路下到河边，我们在靠近河水的地方站下，拔出佩剑。施瓦勃林的剑术比我好，但我比他更有劲，更勇敢，当过兵的波普列先生给我上过几堂剑术课，现在被我派上了用场。施瓦勃林没有料到我竟是一个如此强劲的对手。我们打了很长一段时间，但都没有伤到对方一根毫毛；最后，眼见施瓦勃林体力不支，我便猛烈地向他进攻，几乎把他逼进河中。突然，我听到有人高声呼喊我的名字。我回过头去，看见正沿着陡峭的小路向我跑来的萨维里奇……就在这时，我右肩下方的胸部被重重地刺了一剑；我倒下了，失去了知觉。

第五章　爱　情

唉，你这漂亮的姑娘！
别年纪轻轻就嫁人；
去问问你的父母亲，
姑娘，问问你的亲人；
你要积攒智慧，姑娘，
用智慧做你的嫁妆。

——民歌

你要是找到胜过我的人，就把我忘记。
你要是找到不如我的人，就把我回忆。

——民歌

醒来之后，我好一会都没缓过神来，也不明白自己出了什么事。我躺在床上，躺在一个陌生的房间里，我感到非常虚弱。萨维里奇手持蜡烛站在我面前。有人在小心地解开我胸部和肩部缠着的绷带。渐渐地，我的思想清晰起来。我回忆起自己的决斗，猜到自己受了伤。就在这时，门吱呀一声。“怎么？他怎么样了？”一个声音低低地说，那声音使我颤抖起来。“还是老样子，”萨维里奇叹息着回答，“还是昏迷不醒，这都第五天了。”我想翻个身，但是动不了。“我在哪儿？谁在这里？”我吃力地说道。玛丽娅·伊万诺夫娜走到我的床边，向我俯下身子。“怎么？您感觉怎么样？”她说。“谢天谢地，”我有气无力地回答，“是您吗，玛丽娅·伊万诺夫娜？请问……”我无力继续说下去，便沉默不语。萨维里奇惊叹一声。他的脸上现出欢喜。“醒过来了！醒过来了！”他念叨着，“感谢上帝啊！喂，彼得·安德列伊奇少爷！你吓死我了！这是件小事吗？五天五夜啊！……”玛丽娅·伊万诺夫娜打断他的话。“别跟他说太多话，萨维里奇，”她说道，“他还很虚弱。”她走了出去，轻轻地掩上门。我的思绪起伏起来。看来，我是在要塞司令家里，是玛丽娅·伊万诺夫娜在照看我。我想向萨维里奇问几个问题，但是老人摇着头，用手捂住耳朵。我遗憾地闭上眼睛，很快又入睡了。

醒来后，我唤了萨维里奇一声，却发现眼前站着的不是萨维里奇，而是玛丽娅·伊万诺夫娜；迎接我的是她天使般的声音。我难以表达此时此刻充盈我内心的甜蜜情感。我抓住她的手，贴着它，流出了感动的泪水。玛莎没有缩回手去……突然，她的柔唇触到我的面颊上，我感觉到一个火热、新鲜的吻。一阵热流掠过我全身。“亲爱的，亲爱的玛丽娅·伊万诺夫娜，”我向她说，“做我的妻子吧，给我这个幸福吧。”她冷静下来。“看在上帝的分上，请您安静一些吧，”她抽回手，说道，“您还处在危险中，伤口会迸开的。就是为了我，您也要保重自己啊。”说完这话，她就走了出去，把我一个人留在喜悦的独处中。幸福使我复活。她将属于我！她爱我！这个念头渗透进了我的每一个细胞。

从那一刻起，我的身体一天好似一天地康复了。给我治疗的是团里的一个理发匠，因为要塞里再无别的医生，但是谢天谢地，他并未自作聪明。青春和体质加速了我的康复。要塞司令全家都在照看我。玛丽娅·伊万诺夫娜寸步不离地守着我。当然，我抓住第一个合适的机会，重申了上次被打断的求婚，这一次，玛丽娅·伊万诺夫娜更耐心地听完了我的话。她十分自然地向我坦白了她对我的衷心爱慕，并说她父母当然也会因她的这个幸福而高兴。“但是你要好好想一想，”她补充道，“你父母那边会不会有什么障碍呢？”

我沉思起来。我对母亲的温存深信不疑，但是我了解父亲的脾气和思维方式，我觉得我的爱情是不大能够打动他的，他会把这场爱情看作一个年轻人的胡闹。我开诚布公地对玛丽娅·伊万诺夫娜坦白了这一点，但是我决定给父亲写一封措辞尽量委婉一些的信，以便求得亲人的祝福。我把信给玛丽娅·伊万诺夫娜看了，她觉得这封信十分有说服力，也十分感人，便毫不怀疑此信会带来成功，于是，她怀着对青春和爱情的信赖，沉浸在她温柔内心的情感之中。

康复后不久，我便和施瓦勃林和解了。伊万·库兹米奇因为决斗责备了我，他对我说："唉，彼得·安德列伊奇！我应该把你抓起来，但你已经受到惩罚。阿列克赛·伊万内奇倒是被关进粮库，有人看守着，他的剑也被瓦西里萨·叶果罗夫娜锁了起来。让他好好反省反省、忏悔忏悔吧。"我太幸福了，心中的敌意荡然无存。我开始为施瓦勃林求情，好心的要塞司令在征得妻子的同意后做出决定，释放了施瓦勃林。施瓦勃林跑来见我；他因我们之间发生的事而深表遗憾；他承认这件事全是他的错，并求我忘记过去的一切。天生就不爱记仇的我真诚地原谅了他，把我们的争吵以及他给我造成的伤害一笔勾销。我认为他进行诽谤的起因，是由于自尊心受到伤害、爱情被拒绝而产生的恼怒，因此，我便宽宏大量地原谅了我这位不幸的情敌。

我很快就痊愈了，可以搬回我的住处了。我焦急地等待着家人对我寄出的那封信的回复，我不敢抱太大希望，只好竭力压制那些忧郁的预感。我还没有和瓦西里萨·叶果罗夫娜以及她的丈夫谈及此事；但是，我的求婚是不会让他俩感到吃惊的。无论是我还是玛丽娅·伊万诺夫娜，都没有努力在他们面前掩饰自己的感情，因此，我们事先就对他们的同意深信不疑。

终于，一天早上，萨维里奇手里拿着一封信来到我这里。我两手颤抖地接过信。信封上是父亲的笔迹。这使我预感到某种严重性，因为给我的信通常都是母亲写的，父亲往往只在信尾附上几笔。我好久都没拆信，反复看着信封上那行端庄的字迹："奥伦堡省，白山要塞，吾儿彼得·安德列耶维奇·格里尼奥夫亲启。"我竭力想凭字体猜出父亲写信时的心态；最后，我下定决心拆开信，刚读几行我就明白了，所有的事全都见了鬼。信的内容是这样的：

> 吾儿彼得！你的来信我们于本月十五日收悉，你在信中请求我们给你祝福，并同意你与米罗诺夫的女儿玛丽娅·伊万诺夫娜的婚事，但是，我既不打算为你祝福，也不准备同意你的婚事，而且我还想到你那里去，为你的恶作剧，像教训小孩子那样把你好好教训一顿，虽说你已经是个军官。因为你已经证明，你还不配腰挂佩剑，佩剑是赐给你去保卫祖国的，而不是用来和一个像你一样的浪荡公子决斗的。我要马上给安德列·卡尔罗维奇写信，要他把你调出白山要塞，调到随便一个能叫你不再发昏的地方去；你的母亲听说你决斗、受伤的事后，由于悲伤而染病，至今卧床不起。你能有什么出息呢？我乞求上帝让你改邪归正，尽管我不敢对他的大恩大惠抱太大希望。
>
> 你的父亲安·格

读完此信，我的心里百感交集。父亲使用的那些严厉词句很叫我伤心。他在提到玛丽娅·伊万诺夫娜时的轻蔑语气使我觉得既低俗又无理。要把我调离白山要塞的念头让我感到害怕；但最让我伤心的还是母亲生病的消息。我恨起萨维里奇来，我毫不怀疑，我决斗的事就是他告诉父母的。我在我狭窄的房间里来回踱步，然后在他面前停下来，凶狠地看了他一眼，说道："看来，你让我受了伤，整整一个月躺在棺材边上，你还不满足，你还想害死我的母亲啊。"萨维里奇如同遭了雷击。"饶了我吧，少爷，"他说道，几乎哭出声来，"你怎能这样说啊？是我让你受的伤！上帝有眼，我跑过去是想用胸口挡住阿列克赛·伊万内奇刺你的剑啊！我这把该死的年纪误了事。再说，我对你母亲做了什么？""做了什么？"我答道，"谁让你写信告我的密的？你难道是被派到我身边的奸细吗？""我？写信告你的密？"萨维里奇含着眼泪回答，"上帝啊！请你读读老爷给我的这封信，你就知道我是怎样告你的密的了。"这时，他从衣袋里掏出一封信，我读到了下面这样一封信：

> 你这条老狗，真不知害羞，你违背我的严厉命令，不向我汇报我儿子彼得·安德列耶维奇的情况，是外人迫不得已才把他的胡闹告诉我的。你就是这样履行自己的职责和主人的意志的吗？你这条老狗，你隐瞒实情，纵容年轻人，为此我要把你赶去放猪。我命你接到此信后立即给我回信，说清他的身体是否像别人在信中说的那样已经痊愈；还要写明他伤在何处，治疗得好不好。

显然，萨维里奇在我面前是没有错的，我平白无故地用指责和怀疑伤害了他。我请求他的原谅；但是老人已经伤透了心。“看我活到了什么份上？”他念叨着，“我为我的主人们效劳，到头来得到了什么样的恩惠哟！我是老狗，我是放猪的，我是你受伤的罪魁祸首？不，彼得·安德列伊奇少爷！有罪的不是我，而是那个该死的法国先生，他教你舞铁棍，练步法，好像舞棍跨步真能防住坏人的进攻！硬要去雇那么个先生，白花那么多的冤枉钱！”

可是，劳神去向我父亲汇报我行为的人到底是谁呢？是将军？但是他好像并不太关心我的事；伊万·库兹米奇不会认为有必要汇报我的决斗之事。我费劲地猜测。我的怀疑后来落到施瓦勃林身上。他是唯一一个能以告密而获益的人，因为告密的结果可能就是我远离要塞，和要塞司令一家断绝联系。我想去把这一切都告诉玛丽娅·伊万诺夫娜。她在台阶上迎候我。“您这是怎么啦？”她一见到我就说，“您的脸色真苍白啊！”“一切都完了！”我答道，把父亲的信递给她。她的脸色也顿时苍白起来。读完信，她用颤抖的手把信还给我，声音颤抖地说：“看来，我没这个命……您的家人不想让我进你们的家。这一切都是上帝的旨意！上帝比我们更清楚我们该怎么做。没法子，彼得·安德列伊奇，但愿您能幸福……”“不能这样！”我抓住她的手，喊道，“你爱我；我也准备面对一切。我们走吧，去跪在你父母面前；他们是实在人，不是铁石心肠的傲慢人……让你父母给我们祝福；我们先结婚……然后过一段时间，我相信我们能说服我父亲的；母亲会站在我们一边；父亲也会原谅我们……”“不，彼得·安德列伊奇，”玛莎回答，“没有你父母的祝福，我是不会嫁给你的。没有他们的祝福，你也不会幸福的。我们就服从上帝的安排吧。将来，不管你是找到了一个未婚妻，还是又爱上了另一个姑娘，上帝保佑你，彼得·安德列伊奇；我都会为你们俩……”这时，她哭了出来，从我身边跑开；我想到她的房间去，但又觉得自己已控制不住自己，于是就回家了。

我坐在那里，陷入沉思，突然，萨维里奇打断了我的思绪。“你看，少爷，”他说着，把一张写满字的纸递给我，“你看看，我是不是告发自己主子的人，我是不是在挑拨儿子和老子的关系。”我从他的手中接过那张纸，这是萨维里奇对他收到的那封信作出的回复。这就是他的信的全文：

安德列·彼得罗维奇大人，我们的恩主！

您的恩谕我已收到，您在信中对您的奴仆我发了火，说我不知羞耻，没有履行主子的命令；可是我不是一条老狗，而是您忠实的仆人，我一直听从主人的命令，忠心耿耿为您效劳，一直到了这满头白发的时候。我没有给您写信汇报彼得·安德列伊奇的伤，是为了不让你们平白无故地受惊吓，听说我们的恩母阿芙多季娅·瓦西里耶夫娜太太受了惊吓而卧床不起，我要祈祷上帝让她恢复健康。彼得·安德列伊奇伤在右胸上，伤口正好在胸部的一根肋骨边，有半寸来深，他一直躺在要塞司令家里，是我们从河边把他抬到司令家里去的，为他治病的是这里一个名叫斯捷潘·帕拉莫诺夫的理发匠；如今，谢天谢地，彼得·安德列伊奇的身体已经好了，关于他，除了好消息，没有什么情况可汇报的了。听说，长官们对他很满意；瓦西里萨·叶果罗夫娜拿他当亲儿子看。至于他出的那件事，就别再责怪这个好小伙子了，马有四条腿，也会失蹄的。您说要派我去放猪，这就随老爷您的便了。顺致恭谦的鞠躬。

您忠诚的奴仆

阿尔西普·萨维里约夫

读着这位善良老人的文字，我好几次忍不住笑起来。我已无心思给父亲写回信；为了安慰母亲，我觉得有萨维里奇的这封信也就足够了。

从这时起，我的处境发生了变化。玛丽娅·伊万诺夫娜几乎连一句话也不和我说，并想方设法躲开我。要塞司令的家对于我来说已经索然无味。渐渐地，我习惯一个人待在家里。起初，瓦西里萨·叶果罗夫娜为这事还责怪过我；但是，见我执意行事，她也就不再打扰我了。只是在有军务需要时，我才与伊万·库兹米奇见面。我和施瓦勃林见面很少，也不想见到他，而且，我还在他身上发现了一种隐在的敌意，这更证实了我对他的怀疑。我的生活变得使我难以忍受。由于孤独和无聊，我时常陷入忧郁的沉思。我的爱情在孤独中燃烧，越来越让我感到沉重。我放弃了对阅读和写作的兴趣。我的精神萎靡了。我担心自己会发疯，或者堕落。但是，几件对我的一生都具有重要意义的突发事件，却使我的心灵突然受到了强烈、有益的冲击。

第六章　普加乔夫暴动

你们这些年轻弟兄们，好好听着，

我们这些年老的老人，要开口讲故事。

——民歌

在开始描写我目睹的那些奇异事件之前，我要先简单地谈一谈 1773 年年底奥伦堡省的局势。

在这个辽阔、富饶的省份里居住着许多半开化的民族，这些民族不久前才归顺俄国君主。他们时常暴乱，尚不习惯法律和公民生活，性格无常且残忍，这一切使得政府不得不对他们长年进行监视，好让他们臣服。一座座要塞在合适的地方建造起来，被移居到要塞里去的大多是从前居住在亚伊克河两岸的哥萨克。但是，负责维持这一地区安宁和安全的亚伊克哥萨克，从某个时候起却反而变成了对政府构成威胁的臣民。1772 年，在他们的一个主要城镇里爆发一次叛乱。暴动的起因，是特劳本贝格少将为了让军队服从命令而采取的某些严厉措施。其结果，特劳本贝格少将被野蛮杀害，管理体制被任意改动，最后是靠霰弹和残酷的惩罚才平息了叛乱。

此事发生在我来到白山要塞之前。我来到这里的时候，一切都已平静下来，或者给人的感觉是平静的；当局过于轻率地相信了狡猾暴动者的忏悔，其实，那些暴动者怀恨在心，他们在寻找适当的机会再次搞动乱。

现在，我要回到我的故事上来。

一天晚上（这是1773年10月初的一天），我正一个人坐在家里，听着秋风的呼号，透过小窗看着在月亮旁纷飞而过的乌云。这时，有人奉司令之命来叫我。我立即前去。在司令那里，我见到施瓦勃林、伊万·伊格纳吉奇和那个哥萨克军士。房间里没有瓦西里萨·叶果罗夫娜，也不见玛丽娅·伊万诺夫娜。要塞司令心事重重地和我打了一声招呼。他闩上门，让大家都坐下，只有那个军士没有落座，他站在门边；要塞司令从口袋里掏出一张纸，对我们说："军官先生们，有一个重要消息！请大家听一听将军是怎么写的。"接着，他戴上眼镜，读了下面这份文件。

白山要塞司令米罗诺夫大尉先生收。

机密。

兹通报与您等，查越狱逃走的顿河哥萨克、分裂派教徒叶米里扬·普加乔夫正冒天下之大不韪，盗用先帝彼得三世之名义，纠集一伙暴徒，在亚伊克河两岸村镇发动叛乱，现已攻占并捣毁数座要塞，到处抢劫、杀人。为此，接本命令后，大尉先生须立即采取适当措施，抵御上述恶棍和僭逆，若他攻打您所据守之要塞，您等则应奋力全歼之。

“采取适当措施!”要塞司令摘下眼镜，折起那张纸，说道，“你瞧，说得多轻巧。那个恶棍看来很厉害；我们总共才一百三十个人，这不算哥萨克，哥萨克是靠不住的，当然这指的不是你，马克西梅奇。(军士笑了一下。)但是没法子啊，军官先生们！你们要做好准备，加强岗哨和夜间巡逻；遭到攻击时要关好大门，把士兵带出来。你，马克西梅奇，要看好你那些哥萨克。要检查一下那门大炮，好好擦一擦。最要紧的是要对这一切严守秘密，不要让要塞里的任何人事先知道这个消息。”

下达这些命令之后，伊万·库兹米奇便让我们解散。我和施瓦勃林一起走出来，对我们听到的消息作了讨论。“你是怎么想的，这事结果会怎样?”我问他。“天知道，”他回答，“我们等着瞧吧。现在还看不出有什么要紧的，但如果……”说到这里，他沉思不语，心不在焉地吹起口哨来，吹的是一首法国咏叹调。

尽管我们小心谨慎，但出了个普加乔夫的消息还是在要塞里传开了。伊万·库兹米奇虽然非常尊敬他的妻子，但无论如何还是不会向她吐露军事秘密的。接到将军的信后，他相当巧妙地打发走瓦西里萨·叶果罗夫娜，他对她说，盖拉西姆神甫好像得到一些来自奥伦堡的奇怪消息，包含重大机密。瓦西里萨·叶果罗夫娜马上就想去神甫太太那里做客，后听从伊万·库兹米奇建议，把玛莎也带上了，免得她一个人在家里太寂寞。

伊万·库兹米奇成了全权主人后，便马上派人来叫我们，帕拉什卡则被锁进库房，以防她偷听我们的谈话。

瓦西里萨·叶果罗夫娜回到家里，她在神甫太太那里什么也没打听到，她又听说，她不在家的时候伊万·库兹米奇召集过一个会议，帕拉什卡也被关了起来。她猜到丈夫骗了她，于是便跑去质问他。但是，伊万·库兹米奇对这场进攻已做好准备。他一点也不慌张，理直气壮地回答他好奇的老伴："你听着，老太婆，我们这里的妇人们想用干草烧炉子；这会引起灾难的啊，所以我就下了一道严格命令，往后妇人们不许用干草烧炉子，只能用干树枝烧炉子。""那你为什么要把帕拉什卡锁起来呢？"司令太太问，"那个可怜姑娘为啥要在库房里一直待到我们回来呢？"伊万·库兹米奇对这个问题毫无准备；他陷入窘境，非常不连贯地叽咕了几句。瓦西里萨·叶果罗夫娜看穿丈夫的诡计；但是她也知道，从他那里是什么也问不出来的。于是她停止提问，把话题转到酸黄瓜上，说阿库尼娜·帕姆费罗夫娜在用一种十分奇怪的方法腌黄瓜。整整一夜，瓦西里萨·叶果罗夫娜都没睡着，她怎么也猜不透，她丈夫的脑袋里到底存有什么不能让她知道的东西。

第二天，她在做完日祷回来时看见伊万·伊格纳吉奇，他正在从大炮里往外掏破布、石子、木片、骨头和孩子们塞进去的各种垃圾。"这些战斗准备意味着什么呢？"

司令太太想，“他们在预防吉尔吉斯人的进攻吗？可这类小事伊万·库兹米奇难道也要瞒着我吗？”她把伊万·伊格纳吉奇叫过来，打定主意要从他这里掏出那个折磨着她的女人好奇心的秘密。

瓦西里萨·叶果罗夫娜与他拉了几句家常，就像法官那样，在审问的开头总要先问几个不相干的问题，以分散被审者的注意力。然后，她沉默几分钟，又深深地叹了口气，最后摇着头说道：“我的上帝！你瞧这是什么样的消息啊！会出什么事呢？”

“咦，太太！”伊万·伊格纳吉奇答道，“上帝仁慈，我们的兵够了，火药也很多，我这又擦好了大炮。我们也许能打退普加乔夫。上帝不准许，猪猡是捞不着吃的！”

“这个普加乔夫是谁？”司令太太问。

伊万·伊格纳吉奇立即意识到自己说漏了嘴，便闭了口。但这为时已晚。瓦西里萨·叶果罗夫娜要他说出一切，并向他保证不会告诉任何人。

瓦西里萨·叶果罗夫娜信守自己的诺言，除了神甫太太外她没向任何人吐露一个字，之所以告诉神甫太太，是因为她的一头牛还在草原上，那头牛有可能被匪徒们抢走。

很快，大家都谈起了普加乔夫。消息各种各样。要塞司令派军士去邻近的村子和要塞仔细探听各种消息。两天后，军士回来报告说，在离要塞六十里远的草原上，他看见许多火光，也听巴什基尔人说，有一支来历不明的队伍开了过来。然而，他说不出任何具体的情况，因为他没敢再往前走。

在要塞里的哥萨克中间开始出现一种异常的骚动；他们在大街小巷聚众结伙，小声交谈，一看见龙骑兵和边防军便散开了。一些密探被派到他们中间。尤莱，一个受了洗的卡尔梅克人，向要塞司令汇报了一个重要情报。按尤莱的说法，军士的消息是假的，这个狡猾的哥萨克回来后对自己的同伙说，他到过叛军那里，见到了叛军的首领，那首领还让他吻了自己的手，并和他谈了很久。要塞司令立即把军士关起来，并让尤莱顶替他的职务。这个消息使哥萨克们深为不满。他们高声抱怨，前去执行要塞司令命令的伊万·伊格纳吉奇亲耳听到他们的话："等着瞧吧，你这只边防军耗子！"要塞司令想当天就提审犯人；但是，军士从牢里逃走了，他大约得到了其同伙的帮助。

一个新情况更加重了要塞司令的不安。一个带有叛军传单的巴什基尔人被抓获。借此机会，要塞司令想再次把军官们召集起来，为此，他还想找个得体的理由再次把瓦西里萨·叶果罗夫娜支开。但是，伊万·库兹米奇是一个最厚道、最诚实的人，除了他上次已经用过的方法外，他再也找不出别的办法。

"你听着，瓦西里萨·叶果罗夫娜，"他咳了几口，向她说道，"听说，盖拉西姆神甫又从城里得到了……""别再骗我啦，伊万·库兹米奇，"司令太太打断丈夫的话，"看来你是想召开一个会，把我支开，好谈一谈叶米里扬·普加乔夫的事；这一回你可骗不了我啦！”伊万·库兹米奇瞪大眼睛。“好吧，老太婆，”他说，“既然你什么都知道了，那就请留下来吧；我们就当着你的面谈谈这事。”“这就对了，我的老爷子，”她答道，“还轮不到你来耍滑头；快派人去叫军官们吧。”

我们再次聚到一起。伊万·库兹米奇当着妻子的面向我们读了普加乔夫的告示，这告示是由某个半通文理的哥萨克写的。那个强盗宣布，他将立即前来攻打我们这个要塞；他号召哥萨克和士兵们加入他那一伙，警告军官们不要抵抗，否则将被绞死。告示是用粗鲁的、但很有力的语言写成的，它对普通人的神经会产生可怕的作用。

“好一个骗子！”司令太太喊了起来，“他竟敢对我们发号施令！要我们打开城门迎接他，把军旗放在他的脚下！他这个狗崽子！我们从军已经四十年了，感谢上帝，我们什么都见识过，这一点他难道不知道吗？难道有愿意服从强盗的指挥官吗？”

“看来是这样的，”伊万·库兹米奇答道，“不过听说，那恶棍已经攻下许多要塞。”

“看来他的确很强大。”施瓦勃林说。

“我们现在就来看看他有多强大。”要塞司令说，“瓦西里萨·叶果罗夫娜，把库房的钥匙给我。伊万·伊格纳吉奇，去把那个巴什基尔人押来，再叫尤莱把鞭子拿到这里来。”

“慢着，伊万·库兹米奇，”司令太太站起身来说道，

“让我把玛莎带到房子外面去；要不她听到叫喊声，会吓死过去的。我呢，说句实话，也不爱看拷打。你们好生待着吧。”

早在古代，逼供的方式就已深深扎根在传统的审判程序中，以至于要求废除逼供的圣旨久久起不了任何作用，人们认为，罪犯本人的供词对于充分揭露其罪行是必不可少的，这一想法不仅毫无根据，而且与健全的司法意识也是绝对矛盾的，因为，如果说被告的否认不能当作无罪的证明，那么他的承认也就不应被视为他有罪的证据。甚至在今天，我仍时常听到一些老法官抱怨，认为不该取缔那种野蛮方式。在我们那个时代，无论是法官还是被告，谁都不曾怀疑逼供的必要性。因此，要塞司令的命令并未使我们中的任何人感到吃惊和不安。伊万·伊格纳吉奇去带那个巴什基尔人，他被关在库房里，钥匙掌管在司令太太的手里；几分钟后，犯人被带进前厅。要塞司令命令把犯人带到他面前。

巴什基尔人吃力地迈过门槛（他戴着脚镣），摘下高高的筒帽，在门边站下。我看了他一眼，不禁颤抖一下。这个人的模样我永远忘不了。他年纪大约七十多岁。他没有鼻子，也没有耳朵。他的脑袋剃得精光；在该长胡须的地方仅飘着几根花白的毛发；他个头矮小，很瘦，还驼着背；但是，他那两只细小的眼睛还像火一样闪亮。“喂！”要塞司令说，他从这个人可怕的外表就已看出，犯人是在1741年被处罚过的暴动者之一，“看来你是头老狼了，曾经落到我们手里。你，看来不是第一回闹事了，既然你的脑袋被刨得这样光。走近点；你说，是谁派你来的？”

老巴什基尔人默不作声，茫然不知所措地看着要塞司令。“你为什么不说话？”伊万·库兹米奇继续道，“你是不懂俄国话吗？尤莱，用你们的话问问他，是谁派他来我们要塞的？”

尤莱用鞑靼话把伊万·库兹米奇的问题重复一遍。但巴什基尔人用同样那副表情看了他一眼，还是没说一个字。

“亚克西[①]，”要塞司令说，“我会叫你开口说话的。弟兄们！扒下他这件可笑的条纹袍子，抽他的背。尤莱，给他点厉害看看！”

两个残疾兵开始剥巴什基尔人的衣服。那个不幸人的脸上露出惊慌。他就像一个被孩子们捉住的小兽，四面张望着。一个残疾兵抓着他的两只胳膊，把胳膊架在自己肩膀上，将老人反背起来，尤莱抓起鞭子，挥动了一下，就在这时，那个巴什基尔人不住地点头，发出微弱的求饶声，他张开嘴，嘴里没有舌头，只有半截舌根。

每当我想到，这残酷的场景就是我亲身经历的，而我如今却又已活到亚历山大皇帝的仁政时期，我就不能不为教育的迅速发展和博爱原则的传播等成就而感到吃惊。年轻的读者！如果我的手记落到你的手里，那么就请你记住，那些没有任何暴力震撼、通过改善习俗而进行的变

---

① 鞑靼语，意为：好啊。

革，才是最好、最牢靠的变革。

众人皆大吃一惊。“好吧，”要塞司令说，“看来，我们从他嘴里问不出什么名堂了。尤莱，把这个巴什基尔人带回库房去。我们，先生们，还要再谈一谈。”

我们刚开始讨论我们的处境，瓦西里萨·叶果罗夫娜突然走进屋来，她气喘吁吁，样子非常惊慌。

“你这是怎么回事？”吃惊的要塞司令问。

“老爷们，大事不好啦！”瓦西里萨·叶果罗夫娜回答，“下湖要塞今天早上失守了。盖拉西姆神甫的一个伙计刚从那边回来。他亲眼看到要塞失守。要塞司令和所有军官都被绞死了。所有士兵都被俘虏。眼看着，强盗们就要打到这里来啦。”

这个意外的消息使我非常吃惊。我认识下湖要塞的司令，那是一个文静、谦和的年轻人，两个月前，他和他年轻的妻子一同从奥伦堡返回要塞的途中曾在伊万·库兹米奇这里停留。下湖要塞离我们的要塞有二十五里路。我们随时都有可能遭到普加乔夫的进攻。玛丽娅·伊万诺夫娜的命运清晰地浮现在我眼前，我的心简直要停止跳动。

“您听我说，伊万·库兹米奇！”我对要塞司令说，“我们的职责就是保卫要塞，直到最后一息；这没什么可说的。但是，必须考虑到妇女们的安全。如果道路还畅通的话，请您把她们送到奥伦堡去，或者送到一个更远更可靠的、强盗们一时还打不到的要塞去。”

伊万·库兹米奇转向妻子，说道：“你听见了吧，老太婆，真的，在我们收拾完叛匪之前，先把你们送远一些吧？”

“废话！”司令太太说，“哪里有子弹飞不到的要塞啊？白山要塞为啥就靠不住啦？谢天谢地，我们在这里过了二十二年。巴什基尔人，吉尔吉斯人，我们都见识过，兴许，我们躲得过普加乔夫！”

“好吧，老太婆，”伊万·库兹米奇说，“要是你信得过我们的要塞，那你就请留下来吧。可我们拿玛莎怎么办呢？要是我们能躲过去，或者等到援兵，那自然好；要是强盗们攻破了要塞呢？”

“那就……”瓦西里萨·叶果罗夫娜语塞了，她住了口，神情十分激动。

“不，瓦西里萨·叶果罗夫娜，”要塞司令发现他的话起了作用，在他的一生中这也许还是第一次，于是他继续说道，“玛莎不能留在这里。我们把她送到奥伦堡她教母那里去，那儿的部队和大炮都够用，墙也是石头砌的。我劝你也和她一起去那里；你虽说是个老太婆，要是要塞守不住，你也够呛。”

“好吧，”司令太太说，“就这么办，我们把玛莎送走。可你做梦也别想把我送走，我是不会走的。我这把年纪了，没必要离开你，到外乡去找一个孤坟头。我们活着在一起，死也要死在一起。”

“说的也是，”要塞司令说，“好吧，别再拖延了。快去给玛莎准备上路的事。明天一早就出发，虽说我们没有多余的人手，还是要给她派几个卫兵。玛莎在哪儿?”

“她在阿库尼娜·帕姆费罗夫娜那里，”司令太太说，“听到下湖要塞被攻破了，她的心情很不好；我真担心她会病倒。上帝啊，瞧我们落到了什么地步!”

瓦西里萨·叶果罗夫娜去张罗女儿出发的事情。要塞司令的谈话还在继续；但是我已不再参与谈话，也什么都听不进去。玛丽娅·伊万诺夫娜在晚饭前回来了，她脸色苍白，泪痕满面。我们默默地吃了晚饭，吃饭的速度也比平时快；和司令一家告别后，我便出门回家。但我故意把佩剑忘下，好回头去取，我预料到能单独碰见玛丽娅·伊万诺夫娜。果然，她站在门口迎我，把我的剑递给我。“再见，彼得·安德列伊奇!”她含着泪对我说，“他们要送我去奥伦堡。祝您平安，幸福；也许上帝还会让我们见面的；万一不能……”她哭了起来。我拥抱了她。“再见，我的天使，”我说道，“再见，亲爱的，我的心上人！无论我发生了什么事，都请你相信，我最后的思念是你，我最后的祈祷也为你而做!”玛莎痛哭着，依在我的胸前。我热烈地吻了她，然后快步走出房间。

第七章 攻 击

头领啊，我的小头领，
从军打仗的小头领！
他从军三十三载啊，
我的那位小头领。
唉，他没挣到好处，
也没有挣到欢心。
他没有赢得高位，
也没有赢得赞赏；
我的那位小头领哪，
只得到两根木桩，
一根丝质的绞索，
一根横绑的木棒。

——民歌

这天夜里我没睡着，也不曾解衣。我打算天一亮就到要塞大门口去，玛丽娅·伊万诺夫娜一定会从那里经过，我好最后一次和她告别。我觉得自己内心发生了很大变化：较之于我不久前沉浸其中的忧伤，我感到我内心的激动更容易忍受。朦胧然而甜蜜的期望，对危险的焦急等待，崇高的荣誉感等等，和离别的愁情交织在一起。夜不知不觉地过去了。我正想出门，我的房门突然被推开，一个班长进来向我报告说，我们的哥萨克在夜间撤出要塞，他们抓走了尤莱，要塞周围散布着许多来历不明的人。想到玛丽娅·伊万诺夫娜尚未来得及离开，我感到害怕；我匆匆向班长交待几句，就急忙向要塞司令那里跑去。

天已经亮了。我正在街上飞跑，突然听到有人叫我。我站了下来。“您往哪儿跑？”伊万·伊格纳吉奇追上我，说道，“伊万·库兹米奇在城墙上，他让我来叫您。普加乔夫来啦。”“玛丽娅·伊万诺夫娜走了吗？”我问道，心怦怦地直跳。“没来得及走，”伊万·伊格纳吉奇回答，“到奥伦堡的路被切断；要塞也被包围了。情况不妙啊，彼得·安德列伊奇！”

我们走向城墙，这是一个利用天然地形构筑、并用木栅栏加固的高地。要塞里的所有居民都已经聚集在这里。边防军持枪而立。那门大炮昨天夜里就被拖到这里。要塞司令在他人数不多的队列前来回走动。危险的迫近使这位老军人异常兴奋。在离要塞不远的草原上，有二十来个人骑马奔跑。他们像是哥萨克，但其中也有巴什基尔人，这从他们头上的猞猁皮帽子和身背的箭囊便很容易辨别出来。要塞司令巡视一下自己的队伍，向士兵们说道：“弟兄们，今天，我们要为保卫女皇而战，我们要向天下证明，我们都是勇敢、忠诚的好汉！”战士们高声应答，表示忠心。施瓦勃林站在我身旁，目不转睛地盯着敌人。在草原上骑马奔驰的人发现了要塞里的动静后便聚集在一起，开始商量什么事情。要塞司令要伊万·伊格纳吉奇把大炮对准那群人，自己亲自点燃导火索。炮弹尖叫着，飞过那群人的头顶，却没有炸着一个人。那些骑马的人散开了，顷刻间便无踪无影，草原上又空无一人了。

这时，瓦西里萨·叶果罗夫娜也来到城墙上，玛莎不愿离开母亲，也跟她来了。“怎么样？”司令太太问，“仗打得怎样？敌人在哪儿？”“敌人离这儿不远，”伊万·库兹米奇回答，“上帝保佑，一切顺利。你呢，玛莎，你害怕吗？”“不怕，爸爸，”玛丽娅·伊万诺夫娜回答，“一个人在家更害怕。”她又看了我一眼，强颜一笑。我不由自主地握紧剑柄，我想到，我昨晚从她手里接过这把剑，仿佛就是为了现在来保卫我的心上人。我的心在燃烧。我把自己想象成她的骑士。我渴望去证明我无愧于她的信任，我在焦急不安地等待着决定性的时刻。

此时，在离要塞半里路远的一个高地后面又出现一些骑在马上的人，很快，草原上就布满了手持长矛和弓箭的人群。在他们当中有一个人骑着白马，身着红袍，手持一柄出鞘的马刀：这就是普加乔夫本人。他停下了；人们簇拥着他，接着，像是奉了他的命令，四个人离开人群，骑着马全速跑到要塞跟前。我们认出，这几个人是从我们这边逃过去的叛徒。其中的一个把一张纸举在头顶上方；另一个用枪矛挑着尤莱的头，他晃一下枪矛，越过栅栏把那颗头颅扔在我们跟前。这可怜的卡尔梅克人的头颅跌落在要塞司令的脚边。叛徒们喊道："别开枪；快出来迎接皇上。皇上就在这里啊！"

"瞧我怎么揍你们！"伊万·库兹米奇喊道，"弟兄们！开火！"我们的士兵来了一排齐射。那个拿着信的哥萨克摇晃一下，跌下马来；其他几个逃了回去。我看了玛丽娅·伊万诺夫娜一眼。她被尤莱血淋淋的头颅吓坏了，又听到刺耳的枪声，好像晕了过去。要塞司令叫来班长，要他从被击毙的哥萨克手里拿回那张纸。班长走了出去，回来时手里还牵着死者的马。他把信交给要塞司令。伊万·库兹米奇默默读了一遍，然后将信撕得粉碎。看来，叛匪此时也在准备行动。很快，子弹就开始在我们耳边呼啸，还有几支箭扎在我们身边的土地和栅栏上。"瓦西里萨·叶果罗夫娜！"要塞司令说，"这儿没有妇女们的事；快把玛莎带走；你瞧，姑娘快要吓死了。"

枪林弹雨中的瓦西里萨·叶果罗夫娜安静下来，她向草原上看了一眼，草原上有很多人在运动；然后她转向丈夫，对他说："伊万·库兹米奇，生死由上帝安排，你来给玛莎祝福吧。玛莎，到你父亲那儿去。"

脸色苍白、浑身颤抖的玛莎走到伊万·库兹米奇身边，跪在地上，向父亲叩首。老司令给她画了三次十字；然后，他扶起女儿，吻了她，用变了调的声音对她说："玛莎，祝你幸福。向上帝祈祷吧，他不会抛弃你的。如果遇到一个好人，就让上帝赐给你们爱情和忠告。你们要相亲相爱地活着，就像我和瓦西里萨·叶果罗夫娜这样。好了，再见吧，玛莎。瓦西里萨·叶果罗夫娜，快带她走。”（玛莎扑过去搂着他的脖子，痛哭起来。）“我们也来吻别吧，”司令太太也哭着说，“再见，我的伊万·库兹米奇。如果我有什么对不住你的地方，请你原谅我！”“再见，再见，老太婆！”要塞司令拥抱了他的老伴，说道，“好了，就到这儿吧！快走，快回家去；如果来得及，你就给玛莎穿件长袍。”司令太太和女儿走远了。我目送着玛丽娅·伊万诺夫娜；她也回头看了我一下，向我点点头。这时，伊万·库兹米奇向我们转过身来，他所有的注意力都放到了敌人身上。叛匪们骑在马上，围着他们的首领，突然，他们全都下了马。“现在要顶住，”要塞司令说，“他们要进攻了……”就在这时，响起了一阵可怕的尖叫声和呐喊声；叛匪们飞跑着向要塞冲来。我们的大炮已装满霰弹。要塞司令把敌人放到最近的距离，然后突然开火。霰弹正落在人群中央。叛匪们朝两边散去，并退向后面。只剩下他们的首领孤身一人在前面……他挥舞军刀，像是在激动地说服手下的人……中断了片刻的呐喊和尖叫又立即重新响了起来。“喂，弟兄们，”要塞司令说，“现在打开城门，擂鼓。弟兄们！跟我出击，冲啊！”

刹那间，要塞司令、伊万·伊格纳吉奇和我便跃到城墙外；但是，吓坏了的边防军们却没动窝。“弟兄们，你们怎么站着不动啊？”伊万·库兹米奇叫喊道，“死就死嘛，你们是军人啊！”就在这时，叛匪已经跑到我们跟前，冲进了要塞。战鼓不响了；边防军们扔下武器；我被撞倒，但又站起来，和叛匪一同进了要塞。头部负伤的要塞司令站在一伙暴徒中间，暴徒们正在向他索要钥匙。我冲过去想帮他，但几个强壮的哥萨克抓住我，用腰带把我捆了起来，嘴里还说着："够你们受的，你们这帮反抗皇上的家伙！"我们被拖着从街上走过；居民们从屋里走出来，手里拿着面包和盐。钟声响了。突然，人群中有人喊叫，说皇上在广场上等着处理俘虏、接受宣誓。人们向广场涌去；我们也被带到了那里。

普加乔夫坐在要塞司令家台阶上的一把扶手椅里。他身披一件饰满金银的红色哥萨克长袍。一顶带有金色流苏的高筒貂皮帽低低地压在他的眉眼上，他的眼睛闪闪发光。他的脸我好像很熟悉。几个哥萨克头领围在他身边。脸色苍白、浑身颤抖的盖拉西姆神甫手持十字架站在台阶旁，看来，他是在为那些将要受刑的人默默地向普加乔夫求情。广场上很快就搭起一个绞架。当我们走近时，一些巴什基尔人赶开人群，我们被带到普加乔夫面前。钟声停了；一片死死的寂静。"哪位是要塞司令？"那个自称为帝的人问。我们那位军士走出人群，指认了伊万·库兹米奇。普加乔夫威严地看了老人一眼，说道："你怎敢反对我，反抗你的皇上呢？"因负伤而体力不支的要塞司令集聚起最后的力量，声音坚定地回答："你听着，你不是我的皇上，你是一个贼，是假冒的皇帝！"普加乔夫阴沉地皱了皱眉头，挥了挥白手绢。几个哥萨克抓住上了年纪的大尉，把他拖到绞架边。绞架的横梁上骑着一个残疾的巴什基尔人，就是我们昨天晚上审讯过的那一位。他手里拿着绳索，一分钟后，我便看见可怜的伊万·库兹米奇被吊在半空。这时，伊万·伊格纳吉奇又被带到普加乔夫面前。“宣誓吧，”普加乔夫对他说，“对彼得·费奥多罗维奇宣誓[①]!”“你不是我们的皇上，”伊万·伊格纳吉奇重复着他的大尉的话，答道，“你，老弟，是个贼，是冒充的皇帝!”普加乔夫又挥了挥手帕，于是，善良的中尉也被吊死在他的老首长身边。

轮到我了。我勇敢地望着普加乔夫，准备把我的两位高尚战友的回答再重复一遍。这时，我极其惊讶地在叛匪的头领们中间看见了施瓦勃林，他把头发剃成一个圆圈，也穿着哥萨克长袍。他走到普加乔夫跟前，对他耳语了几句。“吊死他!”普加乔夫看也不看我一眼，就说道。绞索套到我脖子上。我开始默默地祈祷，真诚地向上帝忏悔我的所有罪过，并求上帝拯救所有我心爱的人。我被拖到绞架边。“别怕，别怕。”刽子手们反复对我说，也许他们真的想让我打起精神来。突然，我听到一个喊声:“住手，该死的！你们等一等！……”刽子手们停了下来。我看到，萨维里奇跪在普加乔夫脚边。“亲爹啊!”那个可怜的仆人说，“杀了少爷对你有什么好处呢？放了他吧；你会得到赎金的；你要是为了杀一儆百，就把我这个老头子吊死吧!”普加乔夫做了一个手势，我立即被解了绞索，放开了。“我

---

① 彼得·费奥多罗维奇，普加乔夫利用他的名义发动起义。

们的老爷饶了你啦。”有人对我说。此刻，我不能说我在因自己的获救而高兴，但是也不能说我在因为获救而遗憾。我的感觉非常混乱。我又被带到那个自称为帝的人面前，我被按着跪在他脚下。普加乔夫向我伸出他那只青筋暴露的手。“吻他的手，吻他的手！”我周围的人说。但是，我宁愿接受最残酷的死刑，也不愿接受这卑劣的侮辱。“彼得·安德列伊奇少爷！”萨维里奇站在我身后，推着我，低声说道，“别犟了！你值得吗？啐上一口，再去亲亲那个坏……（呸！）再去亲亲他的手吧。”我没有动弹。普加乔夫放下手，冷笑着说：“这位大人看来是高兴傻了。扶他起来吧！”我被拉起来，有了自由。我开始观看这出恐怖喜剧的延续。

居民们开始宣誓。他们一个接一个走上前来，亲吻十字架，然后向那个自称为帝的人鞠躬。边防军士兵们也站在那里。连队的裁缝用他那把钝剪刀剪去他们的发辫。士兵们抖掉碎头发，走去吻普加乔夫的手，普加乔夫宣布赦免他们，并接受他们入伙。这件事持续近三个小时。最后，普加乔夫从椅子上站起来，在头领们的簇拥下走下台阶。一匹背负华丽鞍具的白马被牵到他面前。两名哥萨克搀着他的胳膊，扶他坐上马鞍。他对盖拉西姆神甫说，他要在神甫那里吃午饭。就在这时，传来一个女人的叫喊声。几个强盗把披头散发、赤身裸体的瓦西里萨·叶果罗夫娜拖到台阶上。其中一个强盗已经穿上她那件坎肩。其他几个则把毛毯、箱子、茶具、衣物和所有的家什都抢了出来。“老爷们哪!”那可怜的老太太喊道,“让我的灵魂安静一会吧。亲老爷们,带我去见伊万·库兹米奇吧!”突然,她看到绞架,认出自己的丈夫。“强盗!”她疯狂地喊道,“你们对他干了什么啊?我的亲人哪,伊万·库兹米奇,你这个勇敢的士兵头领啊!普鲁士人的刺刀没碰到你,土耳其人的子弹也没伤着你;你没死在光荣的战斗里,今天却死在一个逃犯的手里啊!”“让这个老妖精闭嘴!”普加乔夫说。立刻,一个年轻的哥萨克挥刀向她头上砍去,她死了,倒在台阶上。普加乔夫走了;民众跟在他的身后。

第八章　不速之客

不速之客比鞑靼人还坏。

——民谚

广场上空无一人。我一直站在原地，许久也理不清被如此恐怖的印象所扰乱的思绪。

最叫我担心的是，我对玛丽娅·伊万诺夫娜的命运一无所知。她在哪里？她怎么样？她藏起来没有？她藏身的地方可靠吗？……我满怀这些慌乱的念头走进要塞司令的房子……房间里全空了；椅子、桌子和箱子全被砸碎；餐具被摔了；所有的东西都被抢走。我沿着那个通向闺房的小楼梯走上去，生平第一次走进玛丽娅·伊万诺夫娜的房间。我看见，她的床铺已被强盗们翻得乱七八糟；柜子被砸烂、被掏空了；一盏小灯还在空空如也的神龛前亮着。两扇窗户间的墙壁上还挂着一面完好的镜子……这间朴素闺房的女主人究竟去了哪儿呢？一个可怕的念头闪过我的脑海：我想象她落到了强盗们手中……我的心紧缩起来……我哭了，痛心地哭着，大声地呼唤我心上人的名字……就在这时，我听到一个轻轻的响声，接着，脸色苍白、浑身颤抖的帕拉莎从柜子里钻了出来。

“唉，彼得·安德列伊奇！”她两手一拍，说，“这是什么日子哟！太可怕了！……”

“玛丽娅·伊万诺夫娜呢？”我急忙问，“玛丽娅·伊万诺夫娜怎么样了？”

“小姐还活着，”帕拉莎回答，“她藏在阿库尼娜·帕姆费罗夫娜那里。”

“在神甫太太那里？”我恐惧地叫了起来，“我的天哪！普加乔夫也在那里啊！……”

我马上冲出房间，一转眼就来到街上，我目不斜视，心不二用，慌不择路地跑到神甫的家。那里传出一阵阵喊声、笑声和歌声……普加乔夫正和他的战友们饮酒作乐。帕拉莎也跟着我跑到这里。我让她悄悄地去把阿库尼娜·帕姆费罗夫娜喊出来。一分钟后，神甫太太走到前厅，来到我这里，她手里捧着一个空酒瓶。

“看在上帝的面上，告诉我玛丽娅·伊万诺夫娜在哪儿？”我十分激动地问。

“她正躺着呢，我亲爱的小鸽子她就躺在我的床上，在隔板后面。”神甫太太回答，“唉，彼得·安德列伊奇，差点遭了灾啊，但是感谢上帝，一切都还平安无事。那个恶棍刚刚坐下来吃饭，我那可怜的姑娘她就苏醒过来了，哼哼起来！……我简直吓傻了。那人听到声音，就问：‘是谁在你这里哼哼呀，老太太？’我对那贼鞠了一躬，说：‘是我的侄女，皇上，她得了病，躺在床上都一个多礼拜了。'‘你的侄女年轻吗?’‘很年轻，皇上。’‘老太太，让我看看你的侄女。’我的心像是要跳出来了，但是也没法子。‘请吧，皇上；只是那姑娘起不了床，不能来接受你的恩典。’‘不要紧，老太太，我自己去看。’那该死的真的走到隔板后面；你猜怎么着?他掀开帐子用他那双老鹰一样的眼睛望了一下！——但是没什么……上帝保佑！你信不，我和我老头子都已经打算去死了。幸好，我亲爱的小鸽子她没有认出他来。上帝啊，我们可算交了好运！没说的！可怜的伊万·库兹米奇啊！谁能想得到这事！……瓦西里萨·叶果罗夫娜呢?伊万·伊格纳吉奇呢?他到底犯了什么罪?……为啥又饶了您?那个阿列克赛·伊万内奇·施瓦勃林成个什么样子?也把头剃成个圆圈，这会儿正在里头和他们喝酒呢！这个投机的家伙，没什么可说的。我谈到生病的侄女时，你信不信，他死死盯着我看，那眼光像把刀子，要把我刺穿；但是他没出卖我们，这真得谢谢他了。”这时，传来了客人们醉醺醺的叫喊声和盖拉西姆神甫的声音。客人们要上酒，主人在叫老伴。神甫太太忙活起来。“回家去吧，彼得·安德列伊奇，”她说，“现在顾不上您了；强盗们在喝酒。您要是落到醉鬼手里可就糟了。再见，彼得·安德列伊奇。该怎样就怎样吧；上帝兴许不会扔下我们的。”

神甫太太走了。我稍稍心安一些，回到自己的住处。路过广场时，我看到有几个巴什基尔人正围在绞架边，从被吊死者的脚上脱靴子；我好容易才压住自己的怒火，意识到前去干涉也是白搭。强盗们在要塞里来回奔跑，抢劫军官们的住所。到处是醉酒叛匪的叫喊声。我回到家里。萨维里奇在门边迎接我。“感谢上帝!”看见我，他叫了起来，“我还以为强盗们又把你给抓走了。唉，彼得·安德列伊奇少爷！你信不信？我们的东西全被抢走了，这帮恶棍，衣服，床单，杂物，餐具，一样也没给留下。这可怎么是好呀？谢天谢地，他们让你活着回来了！少爷，你认识那个首领吗？”

“不，不认识；他是谁？”

“怎么，少爷，你忘了在客栈骗走你兔皮袄的那个醉鬼了？那件兔皮小袄还是新的呢，他这个魔鬼套在身上，连线都给绷开了!”

我大吃一惊。确实，普加乔夫与我的那个向导非常相像。等我确信了普加乔夫和那向导就是同一个人后，才明白我之所以得到宽恕的原因。我不能不因这奇异的事件组合而感到惊愕：送给一个流浪汉一件孩子穿的兔皮袄，这竟然使我免遭绞刑；一个曾在客栈里游荡的醉鬼，居然攻陷要塞、撼动了整个国家!

“你要吃点东西吗？”萨维里奇问，他还是没有改变老习惯，“家里什么都没了；我出去找一找，再给你做点什么吃的。”

我一个人留下来，陷入沉思。我该做什么？继续留在被这个恶棍占据的要塞里，或是跟着他的队伍走，这对于一名军官来说都是可耻的。军人的天职要求我到我能为危难中的祖国效忠的地方去……但是，爱情却强烈建议我留在玛丽娅·伊万诺夫娜身旁，做她的保卫者和庇护人。虽然，我也预见到形势很快就一定会有变化，但一想到她的危险处境，我仍不能不浑身发抖。

一名哥萨克的到来打断了我的思维，他跑来对我说："伟大的皇上让你去见他。""他在哪里？"我问道，准备随他前去。

"在要塞司令的房子里，"那个哥萨克回答，"午饭后我们的老爷洗了澡，这会儿正在休息。不管怎么看，陛下都是个大人物啊：他一顿午饭就吃了两只烤猪崽，他洗澡时汽烧得那么热，热得连塔拉斯·库罗奇金也受不了，只好把扫帚交给福姆卡·比克巴耶夫，自己又一个劲地冲凉水。没什么说的，一举一动都有派头……听说在澡堂里，他露出了胸口的皇帝记号：一边是只双头鹰，有五戈比硬币那么大，另一边是他自己的像。"

我认为没有必要和这个哥萨克争论，便和他一起向要塞司令的房子走去，我在预想和普加乔夫见面的场面，并竭力想猜出这次见面将如何结束。读者很容易想象得到，我当时并不十分冷静。

当我来到要塞司令的房子前时，天已经黑下来。吊着几具尸体的绞架黑乎乎的，十分恐怖。可怜的司令太太的尸体还躺在台阶下，台阶边有两个哥萨克在站岗。领我来的那个哥萨克进去通报我的到来，他很快就出来，领我走进房间，昨天晚上，我就是在这个房间里和玛丽娅·伊万诺夫娜温情告别的。

我看到的是一个不同寻常的场面：铺着台布的桌子上摆着酒瓶和酒杯，普加乔夫和十来个哥萨克头领坐在桌边，他们全都戴着帽子，穿着花衬衣，喝酒喝得浑身发热，脸色通红，眼睛放光。在他们中间，没有刚刚叛变的施瓦勃林和我们那位军士。“哟，大人！”看到我后，普加乔夫说道，“欢迎光临；您好，请坐。”他的伙伴们挤了挤。我默默地在桌边坐下来。我旁边坐着一个身材匀称、眉清目秀的年轻哥萨克，他给我倒了一杯烧酒，但我连碰也没碰那酒。我开始好奇地打量这伙人。普加乔夫坐在首席，胳膊肘支在桌子上，用他那只宽大的拳头撑着长满黑胡须的下巴。他脸上的轮廓很端正，看上去叫人愉快，不带丝毫凶相。他不时向一个五十岁左右的人转过身去，时而称他为伯爵，时而叫他吉莫费伊奇，时而又尊称他为大叔。众人全都亲如战友，对首领也没有表现出特别的敬重。他们谈的是早晨的攻击、起义的成就和未来的行动。每个人都要吹嘘一番，提出自己的看法，他们也可以自由地与普加乔夫争论。就是在这个奇特的军事会议上作出了向奥伦堡进军的决定：这是一个大胆的行动，它后来差一点获得灾难性的成功！会议决定明天就出发。“好了，弟兄们，”普加乔夫说，“睡觉前，我们来唱支我喜欢的歌吧。楚马科夫，唱！”坐在我身边的那个人用细细的嗓音唱起一首悲伤的纤夫之歌，众人用合唱附和他：

别再喧哗，我绿色的小树林，
别打扰我这个好小伙暗自伤神。
明早我这个好小伙要去受审，
威严的法官就是沙皇本人。
皇上他会开口把我问：
你说，你这个农民的孩子，
你是和谁一起偷盗又抢劫，
你的同伙还有许多人？
正教的沙皇啊，我对你讲，
我对你说的全是真话和实情，
我的同伙总共有四人：
我的第一个同伙是黑夜，
第二个同伙是一把宝刀，
第三个同伙是一匹好马，
第四个同伙是绷紧的弓箭，
铁打的箭头是我的书信。
正教的沙皇他开口说：
真行，你这个农民的孩子，
你会偷盗，问题回答得也行！
孩子啊，我要给你奖赏，
在旷野上给你一座高高的宫殿，
那便是两根木桩和一道横梁。

很难道出，这些注定要上绞架的人所唱的这首关于绞架的朴实民歌给我留下了怎样的印象。他们威严的脸庞，整齐的声音，悲伤的表情，再加上那原本就很有表现力的歌词，所有这一切都在以某种诗意的恐惧震撼着我。

客人们又干了一杯，然后站起来和普加乔夫道别。我想跟着他们出去，但普加乔夫对我说："坐着；我想和你谈一谈。"我们留了下来，面对面地坐着。

几分钟里，我们双方都没有说话。普加乔夫仔细地看着我，有时眯起左眼，带着一种令人惊讶的狡诈和嘲笑的神情。最后，他笑了笑，很开心的样子，毫不做作，以至于我看着他，也笑了起来，自己也不知道为什么要笑。

"怎么样，大人？"他对我说，"你老实说，当我的小伙子把绳子套上你脖子的时候，你害怕了吧？我想，是吓破了胆……要不是你那个仆人，你早就被吊在横梁上了。我一眼就认出了那个老家伙。喂，大人，你想到没有，那个领你去大车店的人就是伟大的君主他本人？（这时他摆出一副庄重、神秘的样子。）你在我面前犯了大罪，"他接着说，"但我要饶恕你，因为你对我有恩，因为你在我被迫躲避敌人的时候帮助过我。你就等着瞧吧！等我收复我的国家，我还要好好赏赐你的！你愿意忠心为我效劳吗？"

这个骗子的问题以及他的大胆让我感到很有趣，我忍不住笑了一下。

"你笑什么？"他皱着眉头问，"你不相信我就是伟大的君主？你直截了当地回答我。"

我不知所措了：我无法承认这个流浪汉为国君，我觉得这样做是不可饶恕的懦弱。当面叫他骗子，就等于自取灭亡；在最初的怒火燃烧起来的时候，我曾准备当着众人的面走上绞架，但是此刻，这样的举动已让我觉得是毫无益处的逞能。普加乔夫阴沉着脸在等着我的回答。最后（直到如今我仍心满意足地记得那一刻），责任感战胜了我身上人类的软弱。我回答普加乔夫道："你听着，我来对你说实话。你想想，我能承认你为国君吗？你是个聪明人，你自己也能看出我是不是在撒谎。"

"那么你认为我是什么人呢？"

"上帝知道你是谁；但是，无论你是谁，你都在开一个危险的玩笑。"

普加乔夫飞快地瞥了我一眼，说道："这么说，你不相信我就是皇帝彼得·费奥多罗维奇？那么，好。难道一个勇敢的人就不会成功？过去的格里什卡·奥特列比耶夫不也称帝了吗①？随你怎么想我都行，但是你别离开我。其他的事与你什么相干？谁有本事，谁就为王。你忠心耿耿地为我效劳吧，我会封你做大元帅、大公爵的。你看怎么样？"

"不，"我坚定地回答，"我生来就是贵族；我向女皇陛下宣过誓，所以不能为你效劳。如果你真的想为我做点好事，就请你放我去奥伦堡。"

普加乔夫想了一会。"如果我放了你，"他说，"那你至少得答应我不再从军反抗我。"

---

① 格里什卡·奥特列比耶夫，一个教士，曾起兵并成功称帝。

“我怎能答应你呢?”我回答,“你自己也知道，这事由不得我，要是长官派我来打你，我也没办法，只好来打。如今你也是长官；你自己也会要求你的部下服从你。如果军务需要我，而我却拒绝执行，那像什么话呢？我的脑袋捏在你手心里，你要是放了我，那就谢谢你；你要是绞死我，上帝会审判你。我对你说的都是实话。”

我的真诚镇住了普加乔夫。“就这样吧，”他拍了一下我的肩膀，说道，“绞刑归绞刑，饶恕归饶恕。你随便去哪儿，做你爱做的事吧。明天来我这儿告个别，现在去睡觉吧，我也困了。”

我离开普加乔夫，走到街上。夜静谧而又寒冷。新月和星星明亮地闪烁着，照耀着广场和绞架。要塞里非常安静，也很黑暗。只有酒店里还亮着灯，传出深夜不归的酒鬼们的叫喊声。我向神甫家望了一眼。护窗板和大门都紧闭着。看来，那所房子里一片安静。

我回到住处，见到萨维里奇，他正在因为我的不归而担心。我获得自由的消息让他无比高兴。“感谢你啊，上帝!”他画着十字说道，“天一亮我们就离开要塞，随便去哪儿都行。我给你做了点吃的；少爷，你吃点东西吧，然后就睡觉，像在基督的怀里，一觉睡到天亮。”

我听从他的建议，美美地吃了一顿晚饭，然后，身心极其疲惫的我倒在光秃秃的地板上，睡着了。

第九章　别　离

美丽的姑娘啊，与你相识，
我感到多么的甜蜜；
忧伤啊，与你忧伤地道别，
像是在与灵魂别离。

——赫拉斯科夫

清早，我被一阵鼓声惊醒。我来到集合地。普加乔夫的人马已经在绞架边集合起来，那绞架上还吊着昨天的受难者。哥萨克们骑在马上，士兵们扛着枪。旗帜迎风招展。几门大炮，其中包括我们的那门，已经被装在炮架上。所有居民都站在这里，等着那个自称为帝的人。在要塞司令家的台阶边，一个哥萨克牵着一匹漂亮的吉尔吉斯种白马。我用目光搜寻司令太太的尸体。她的尸体被稍稍往一边移了移，盖上一张草席。终于，普加乔夫走出前厅。人们摘下帽子。普加乔夫站在台阶上，向众人问好。一个头领递给他一袋铜币，他抓起铜币，一把一把地撒出去。民众喊叫着扑过去捡钱，有些人被挤伤了。普加乔夫被他的几个主要同谋簇拥着。施瓦勃林也站在那几个人中间。我们的视线相遇了；在我的目光中他只能看到鄙视，于是，他面带真正的仇恨和假装的嘲讽，转过身去。普加乔夫看到人群中的我，朝我点点头，要我到他那儿去。“听着，”他对我说，“你现在就去奥伦堡吧，替我传个话给省长和所有将军，让他们一个礼拜后等着见我。你劝他们要像孩子那样友好、听话地迎接我；否则，他们就要被绞死。一路平安，大人！”然后他转向民众，手指着施瓦勃林说道：“孩子们，这就是你们的新长官，你们要一切服从他，他要对我负责，守卫你们，守卫要塞。”施瓦勃林做了要塞的首长，听到这话我感到很可怕：玛丽娅·伊万诺夫娜落到他手里了！上帝，她会怎么样！普加乔夫走下台阶。有人给他牵来马。没等那几个跑上前来想扶他上马的哥萨克动作，他就已灵活地跃上马鞍。

就在这时，我看到我的萨维里奇挤出人群，走到普加乔夫跟前，递给他一张纸。我想象不出这是怎么回事。“这是什么？”普加乔夫严肃地问。“读一下，你就清楚了。”萨维里奇回答。普加乔夫抓起那张纸，一本正经地看了好久。“你写的什么玩意啊？”他终于说道，“我们明亮的眼睛什么都看不清。我的秘书长在哪儿？”

一个身穿班长制服的年轻人敏捷地跑到普加乔夫面前。“大声念一念，”自封为帝的人把那张纸递给他，说道。我非常好奇地想知道，我的仆人究竟给普加乔夫写了些什么。秘书长开始逐字逐句地高声念道：

“两件长袍，一件细棉布的，一件丝质条纹的，值六卢布。”

“这是什么意思?”普加乔夫皱着眉头问。

“让他继续念下去吧。”萨维里奇平静地回答。

秘书长继续念道:

“一套细绿呢军服，值七卢布。

“一条白呢裤，值五卢布。

“二十件带硬袖口的荷兰亚麻布衬衣，值十卢布。

“一箱茶具，值两个半卢布……”

“你胡扯些什么?”普加乔夫打断朗读，“这些箱子、这些带袖口的衬衣与我什么相干?”

萨维里奇清了清嗓子，开始解释。

“老爷，您瞧，这是我家少爷的失物清单，是被那些恶棍……”

“什么恶棍?”普加乔夫生气地问。

“是我错了，说漏嘴了。”萨维里奇回答，“恶棍倒不是什么恶棍，但你的兄弟反正是又偷又抢了。你别生气，马有四条腿，还有失蹄的时候呢。请叫他念完它。”

“把它念完。”普加乔夫说。秘书接着念道:

“印花布被子一条，塔夫绸被子一条，共值四卢布。

“蒙着红绒面的狐皮大衣一件，四十卢布。

“还有在客栈赏给你的那件兔皮袄，十五卢布。”

“搞什么玩意!”普加乔夫两眼冒火，喊道。

我得承认，我真替我这位可怜的仆人感到害怕。他还想再解释几句，但是普加乔夫打断他的话:“你怎敢对我胡扯这样的小事?”他叫喊着,从秘书手里夺过那张纸,把它扔在萨维里奇的脸上。“老蠢货!抢走了东西,有什么大不了的?你和你的少爷没被吊死,和这些逆贼挂在一起,因为这你还应该求上帝保佑我和我的弟兄们呢,老东西……兔皮袄!我来给你件兔皮袄!我要让人活剥了你的皮做皮袄,你明白吗?”

“你请便,”萨维里奇回答,“可我是个做不了主的人,我要对主人的财产负责。”

看来,普加乔夫突然动了恻隐之心。他掉转马头走了,没有再说什么。施瓦勃林和头领们跟在他身后。队伍排着队出了要塞。民众前去欢送普加乔夫。只有我和萨维里奇留在广场上。我的仆人还拿着那份清单,面带深深的遗憾看着它。

见我和普加乔夫关系不错,他便想来利用一下这个关系;但是,他这个聪明的打算没有成功。我责怪他这种不合时宜的尽忠,还忍不住笑了。“笑吧,少爷,”萨维里奇应道,“你就笑吧;等到我们要重新置一个家时,我们再来看看这还可不可笑。”

我急忙到神甫家里去见玛丽娅·伊万诺夫娜。神甫太太来迎我,告诉我一个不幸的消息。夜里,玛丽娅·伊万诺夫娜得了严重的热病。她昏迷不醒地躺着,说着胡话。神甫太太领我走进玛丽娅·伊万诺夫娜的房间。她脸上的变化让我大吃一惊。病中的她认不出我了。我久久地站在她面前,神甫和他好心妻子所说的话我一个字也没听进去，他们好像是在安慰我。忧郁的思绪在我胸中翻滚。这个可怜无援的孤女将留在一帮凶狠的匪徒中间，而我却无能为力，这使我感到恐怖。施瓦勃林，最使我感到恐怖的就是这个施瓦勃林。他从那个自封为帝者那里得到了掌管要塞的权力，而这个无辜地成了他仇恨对象的不幸姑娘却留在要塞里，他什么事都做得出来。我该怎么办呢？我怎么才能帮她？怎样才能让她脱离那个恶棍的魔掌？我只剩下一个办法：我决定立即前往奥伦堡，为的是尽最大可能催促他们来解救白山要塞。我与神甫和阿库尼娜·帕姆费罗夫娜道别，把那个已被我视为妻子的姑娘托付给神甫太太。我捧起那可怜的姑娘的手，吻了吻，泪水潸然而下。“再见，”神甫送我出来，说道，“再见了，彼得·安德列伊奇。也许我们能在好日子里再见面。您别忘了我们，常给我们来信。可怜的玛丽娅·伊万诺夫娜，她如今除了您就什么安慰也没有了，也没有别的保护人了。”

出门来到广场上，我停留片刻，我看了看绞架，向它鞠了一躬，然后走出要塞，踏上了去奥伦堡的大路，萨维里奇一步也不离地跟着我。

我边走边想着心思，突然，我听到身后传来一阵马蹄声。我向后看了一眼；我看到一个哥萨克骑着马从要塞里冲出来，他手里还牵着一匹巴什基尔马，老远地，他就在对我做手势。我停下来，很快，我认出来人就是我们那位军士。他骑马来到我们跟前，跳下马来，把另一匹马的缰绳交到我手上：“大人！我们首领赏您一匹马，一件他自己穿的皮袄（一件羊皮袄捆在马鞍上）。还有，”军士结结巴巴地又说，“他还赏了您……半个卢布……可让我半道上弄丢了；请您原谅。”萨维里奇斜着眼看了看他，抱怨道：“半道上弄丢了！你怀里叮当响的是什么东西？你这个没良心的！”“我怀里叮当响的是什么？”军士反驳道，一点儿也不觉得不好意思，“上帝保佑你，老头儿！叮当响的是马笼头上的铜片，不是那半个卢布。”“好了，”我打断争论，说道，“替我谢谢派你来的人；丢掉的那半个卢布，你回去的路上好好找一找，找到了就拿去当酒钱吧。”“非常感谢，大人，”他答道，并掉转马头，“我要一直为您向上帝祈祷。”说完此话，他便掉转马头，还用一只手按着胸口，一分钟后就没了踪影。

我穿上皮大衣，骑上马，让萨维里奇也坐在我身后。“你瞧，少爷，”老人说道，“我向那个骗子递状子不是白费劲吧：做贼的也良心有愧了，虽说这匹巴什基尔长腿瘦马，这件羊皮袄，和那些强盗抢走的东西比，和你赏给他的东西比，连一半抵不上，可这些东西还是用得着的，再说，能从恶狗身上拔撮毛也是好的。”

第十章　围　城

攻占牧场和高山，
他像鹰一样俯瞰城镇。
他命令在营后埋下伏兵，
攻城将在今夜进行。

——赫拉斯科夫

走近奥伦堡时，我看到一群头发被剃光、脚戴镣铐、脸上有犯罪烙印的犯人。他们在一些残疾边防军士兵的监督下，正在工事旁干活。一些人运走战壕里的垃圾，另一些人挥锹挖地；城墙上，一些泥瓦匠在搬运砖块，砌一堵石墙。城门边，士兵拦住我们，要检查我们的证件。一个中士听说我是从白山要塞来的，便立即要我直接到将军那里去。

我在花园里见到将军。他正在查看几株已被秋风吹落叶子的苹果树，在一个老园丁的帮助下，他小心翼翼地在树干上裹了一层厚厚的干草。他的神情看上去安详、健康而又温厚。他见到我很高兴，立即向我问起我所目睹的那些可怕事件。我把一切都告诉了他。老人认真地听着我的叙述，同时剪着枯树枝。“可怜的米罗诺夫！”在我结束我的悲伤故事时，他说道，“真可惜，他是个好军官啊。米罗诺夫太太也是个好人，她的蘑菇腌得多好啊！大尉的女儿玛莎怎么样呢？”我回答，她留在要塞里，在神甫太太那里。“唉，唉，唉！”将军说，“这不好，很不好。强盗们的纪律无论如何是指望不上的。这可怜的姑娘会出什么事呢？”我答道，白山要塞并不远，也许，阁下应立即派兵去解救要塞中不幸的居民。将军带着不信任的表情摇了摇头，“再看看，我们再看看，”他说，“这个问题我们还来得及商议。请你一会儿来我这里喝茶，在我这里要举行一个军事会议。你可以给我们提供一些关于无赖普加乔夫和他的部队的真实情报。现在，你先去休息吧。”

我到拨给我的住处，萨维里奇已经在这里张罗，我焦急地等待着会议的召开。读者不难设想，对这样一个与我的命运有如此重大影响的会议，我是不会错过的。在约定的时间之前，我便已到了将军的家。

在将军那儿，我见到一位城里的官吏，记得他好像是海关关长，这是一个胖胖的老人，脸色红润，身穿锦缎长袍。他向我问起伊万·库兹米奇的遭遇，他称伊万·库兹米奇是他的教亲，他不时地用一些附加的问题和训诫性的意见来打断我的话，他的那些问题和意见即便不能表明他熟知兵法，也至少能体现出他的敏锐和天生的智慧。与此同时，其他被邀请到会的人也都到齐了。在与会者中间，除将军本人外没有一个军人。待大家坐定，每人面前都摆上一杯茶，将军便相当明确、细致地叙述了所发生的事。“现在，先生们，”他接着说道，“我们必须决定该如何对付叛军：是进攻还是防守？两种方法各有利弊。进攻，就有望尽快消灭敌人；防守则要更可靠、更安全一些……因此，我们现在就按法定程序来收集意见，也就是说，由职位最低的人说起。准尉先生！”他转向我，说道，“请给我们谈一谈您的意见。”

我站起身来，先简短地描述了一下普加乔夫和他的部队，然后语气肯定地说，那个自封为帝的人是无法抵挡正规部队的。

官员们对我的意见显然不以为然。他们把这视为一个年轻人的轻率和蛮勇。响起一阵议论声，我清楚地听到有人低声吐出一个词：“毛小子！”将军面对我，带着微笑说道：“准尉先生！军事会议上首先发表的意见通常都倾向于进攻行动；这是一个合乎逻辑的程序。现在我们还要继续收集意见。六等文官先生！请您给我们谈谈您的看法！”

身穿锦缎长袍的老头匆忙喝干第三杯茶，那茶里掺了不少罗姆酒，然后，他回答将军道：“阁下，我认为，我们应该既不进攻，也不防守。”

“怎能这样呢，六等文官先生？”迷惑不解的将军说，“要么是进攻，要么是防守，并没有其他的战法……”

“阁下，请采用收买的方法。”

“唉——嘿——嘿！您的意见非常高明。在战术上采用收买法是允许的，我们采纳您的建议。可以出钱悬赏，取那个无赖的脑袋……出七十卢布……或者一百……从秘密经费里出……”

“到时候，”海关关长抢过话头，“如果那些贼不把他们的头领五花大绑送到我们这里来的话，我就不是什么六等文官，而是一头吉尔吉斯公羊。”

“对于这个方法我们还要再想一想，议一议。”将军答道，“但是，无论如何还是要采取军事措施。先生们，请按法定的程序发表你们的意见。”

所有意见都与我的意见相悖。每个官员都谈到，军队不可靠，取胜没有把握，要小心行事云云。他们全都认为，躲在大炮的掩护下，据守在坚固的石头城墙后面，这比起在无遮无拦的开阔地上、在枪林弹雨中碰运气，要理智得多。最后，听完所有的意见，将军磕掉烟斗里的烟灰，发表了这样的讲话：

“我的先生们！我必须对你们说，从我这一方面来说，我完全赞同准尉先生的意见，因为它是以正确的战术原则为基础的，从战术上讲，进攻总是优于防守。”

讲到这里他停住了，开始往烟斗里装烟丝。我得意扬扬。我高傲地看着那些官员们，他们带着不满和不安的神情交头接耳，窃窃私语。

“但是，我的先生们，”将军继续说道，他将一声深深的叹息和一阵浓浓的烟雾一同吐了出来，“我不敢让自己贸然担负起如此重大的责任，因为此事关系到至仁至圣的女皇陛下托付给我的好几个省的安全。因此，我同意大多数人的意见，也就是说，最明智、最安全的方法就是守在城中以待围攻，然后再以炮兵力量，（如有可能）再辅以偷袭，以打退敌人的进攻。”

这下轮到官员们嘲笑地看着我了。会散了。我不能不因这个可敬军人的软弱而感到遗憾，他竟然放弃自己的见解，去附和那些毫无经验的外行人的意见。

在那次重要的会议之后又过了几天，我们得知普加乔夫兑现他的话，已逼近奥伦堡。我站在高高的城墙上，已经能看见叛军的部队。我觉得，自我上次目睹的那次进攻以来叛军的人数已经增加了十倍。他们还有了炮兵，那是普加乔夫从被他攻占的小型要塞中缴获来的。回想起那次会议上的决定，我预见到，我将长时间地被困在奥伦堡的城墙里，我由于懊丧几乎哭了出来。

我将不去描写奥伦堡围困战，那场围困战属于历史，而不属于家庭纪事。我只简短地说一说，由于地方当局考虑不周，这场围困战对于居民来说是灾难性的，他们遭受了饥饿和各种各样的苦难。不难想象，奥伦堡城里的生活非常难熬。所有人都在沮丧地听天由命；所有人都在抱怨涨价，价格也的确涨得吓人。对于不时飞进自家院子里的炮弹，居民们已经习以为常；就连普加乔夫的进攻也不再能引起普遍的关注。我愁闷得要死。时光在流逝。我没有接到来自白山要塞的信。所有的道路都被切断。与玛丽娅·伊万诺夫娜的离别开始使我感到难以忍受。不知她是生是死，这使我很痛苦。我唯一的消遣就是骑马出城打游击。多亏普加乔夫的好意，我有了一匹好马，我和那匹马分享着可怜的食物，每天我都骑着它出城，去和普加乔夫的骑兵互相射击。在这类对射中，占上风的通常是吃得饱、喝得足、骑术又好的叛匪。城里那些马瘦人弱的骑兵们不可能压倒他们。有时，我们饥饿的步兵也会出城打到原野上；但是，深深的积雪妨碍了他们顺利地攻击敌方分散的骑兵。大炮在高高的城墙上不住地轰鸣，但在平地上却常常陷进泥里，由于马匹乏力，也拉不动它们。这便是我们的军事行动方式！这也就是奥伦堡官员们所称的谨慎和明智！

一次，我们居然打散一支人数很多的敌军，我们接着追击敌人，我追上一个掉了队的哥萨克；我正要举起我那把土耳其军刀向他砍去，他突然摘下帽子，喊了起来：

“您好，彼得·安德列伊奇！您过得怎么样啊？”

我看了他一眼，认出他就是我们那位军士。见到他，我难以言状地感到高兴。

“你好，马克西梅奇，”我对他说，“你离开白山要塞很久了吗？”

“不很久，彼得·安德列伊奇老爷；我昨天才从那里回来。我这里有一封给您的信。”

“信在哪儿？”我精神一振，喊了出来。

“在我这里，”马克西梅奇答道，把手伸向怀里，“我答应了帕拉莎，说无论怎样也要把信交给您。”他把一张折叠起来的纸递给我，又立即策马走开了。我展开信，心跳着读到了下面的文字：

上帝使我突然失去父亲和母亲，在这个世界上，我既没有了亲人，也没有保护人。我只得来求您，因为我知道您一直对我好，您也乐于帮助任何人。我祈求上帝，让这封信无论如何也要到达您手中！马克西梅奇答应把信送给您。帕拉莎也是听马克西梅奇说的，他说他常常老远地看到您出城打仗，说您一点也不爱惜自己，也不替那些为您而流泪祈祷上帝的人着想。我病了很久，我病好之后，那个取代我死去的父亲在我们这里当指挥官的阿列克赛·伊万诺维奇，便逼盖拉西姆神甫把我嫁给他，还拿普加乔夫来吓唬人。我被人看着，住在我们家的房子里。阿列克赛·伊万诺维奇要我嫁给他。他说，是他救了我的命，因为，在阿库尼娜·帕姆费罗夫娜对强盗们说我是她的侄女时，他没有揭穿她的骗局。要我做一个像阿列克赛·伊万诺维奇这种人的妻子，那我宁愿去死。他对我很凶，还威胁说，如果我再不回心转意，答应嫁给他，他就要把我送到那个恶棍那里去，说我就会和丽莎贝塔·哈尔洛娃同样下场。我求阿列克赛·伊万诺维奇再让我想一想。他答应再等三天；如果三天后我还不嫁给他，他就毫不留情了。彼得·安德列伊奇老爷！

您是我唯一的保护人；您快救救我这个可怜的人吧。您去求求将军和所有的长官，让他们赶快派援兵到我们这里来，如果可能的话，请您也亲自来。

属于您的恭顺、可怜的孤女

玛丽娅·伊万诺夫娜

读完这封信，我几乎疯了。我毫不留情地鞭打着我那匹可怜的马，向城里跑去。在路上，我在设想着各种解救那可怜姑娘的方法，但是连一个方法也没想成熟。回到城里，我直接去找将军，慌慌忙忙地跑进他的住所。

将军在房间里来回踱步，抽着他的海泡石烟斗。看到我，他停下脚步。似乎，我的表情很叫他吃惊：他关切地问起我匆匆而至的原因。

“阁下，”我对他说，“我来求您，把您当成我的父亲；看在上帝的分上，请您别拒绝我的请求，因为此事关系到我一生的幸福。”

“是什么事，老弟？”惊讶的老人问，“我能为你做什么？请说。”

“阁下，请给我一个连的士兵、五十个哥萨克，让我去肃清白山要塞。”

将军仔细地看着我，好像认为我疯了（他的这个看法几乎是对的）。

“怎么回事？肃清白山要塞？”最后，他说道。

“我向您保证，一定会成功，”我激动地回答，“只要您让我前去。”

“不，年轻人，”他摇着头说，“这么远的距离，敌人很容易切断你们和主要战略据点之间的联系，彻底打败你们。被切断的联系……”

见他又要陷到军事理论中去，我感到害怕，便急忙打断他的话。

“米罗诺夫大尉的女儿，”我对他说，“给我来了一封信，她请求援救；施瓦勃林强迫她嫁给他。”

“真的吗？唉，这个施瓦勃林是个真正的 Schelm[①]，如果他落到我手里，我一定命令在二十四小时之内就审判他，我们要在要塞城墙边把他给毙了。但是现在，还要再忍耐一下……”

“再忍耐一下！”我禁不住喊了起来，“可他就要娶玛丽娅·伊万诺夫娜啦！……”

“哎！”将军反驳道，“这并不是坏事啊，她最好先做施瓦勃林的妻子，这样，他目前就能够保护她了；等我们把他毙了之后，上帝保佑，她再找个新郎。年轻的寡妇是不会嫁不出去的；我的意思是说，寡妇比姑娘更容易找到丈夫。”

“如果把她让给施瓦勃林，”我疯狂地说道，“我宁愿去死！”

“嗬，嗬，嗬！”老人说，“现在我明白了：看来你是爱

① 德文，意为：骗子。

上了玛丽娅·伊万诺夫娜。唉，这就另当别论啦！可怜的年轻人！但是不管怎样，我还是不能给你一个连的士兵和五十个哥萨克。这种远征是不明智的；我不能承担这个责任。”

我垂下头；我的心里充满绝望。突然，一个念头在我的脑海里闪过。究竟是何念头，正如古代小说家所言，读者诸君且听下回分解。

第十一章　叛军村寨

狮子虽天性残暴，但那时它已吃饱。
“你为何大驾光临，来到我的洞穴？”
它态度温和地问道。

——亚·苏马罗科夫

我离开将军，匆忙回到自己的住处。萨维里奇在以他常用的规劝迎接我。“少爷，你总爱和那些醉醺醺的强盗缠在一起！这难道是老爷们干的事吗？万一有个好歹，那才不合算呢。你要是去打土耳其人打瑞典人，倒也罢了，可你打的是谁，说出来都是罪过。”

我打断他的话，问道：“我总共还有多少钱？”“够你用的，”他心满意足地答道，“尽管那些骗子翻箱倒柜，我还是把钱藏了起来。”说完这话，他从口袋里掏出一个长长的、装满银币的针织袋子。“好啊，萨维里奇，”我对他说，“现在你把钱给我一半；剩下的你拿着。我现在要去白山要塞。”

“彼得·安德列伊奇少爷！”善良的仆人用颤抖的声音说道，“你连上帝也不怕啦？这会儿所有的路都被强盗们把着，你怎能上路呢！你要是不可怜你自己，那你也要可怜可怜你的父母啊。你要去哪儿？去干吗？稍稍等几天吧，等大军到来，把骗子们抓起来；到那个时候，你爱上哪儿就上哪儿吧。”

但我的主意坚定不移。

“现在来考虑这些已经太晚了，”我回答老人道，“我必须走，我不能不去。你别难过，萨维里奇，上帝是仁慈的；也许我们还会见面的！记着，别老是难为自己，别舍不得钱。你需要什么就买，哪怕很贵你也买。这些钱都归你。如果我三天后还不回来……”

“你这是说的什么话，少爷？”萨维里奇打断我的话，“我怎能放你一个人走呢！这样的事你连做梦也别想。如果你打定主意要走，我就是步行也要跟着你，我是不会丢开你的。要我丢开你，一个人留在这石头城墙后面？难道我是疯了不成？随你的便，少爷，反正我是不会离开你的。”

我知道和萨维里奇是没什么可争论的，于是就让他去准备行装。半个小时后，我骑上我那匹好马，萨维里奇则骑着一匹瘦削、瘸腿的驽马，那马是城里一个居民因为没有东西喂而白送给萨维里奇的。我们走到城门前；哨兵放我们通过；我们走出了奥伦堡。

天黑了下来。我计划的路线要从别尔德村旁经过，这个村寨是普加乔夫的驻地。笔直的道路上覆盖着积雪；但整个草原上到处可见每天新踏出的马蹄印。我纵马疾驰。

萨维里奇勉强能够远远地跟着我，他不时向我喊道："慢点，少爷，看在上帝的分上，慢点。我这匹该死的瘦马可跟不上你那个长腿魔鬼。你急什么？要是去赴宴倒也罢了，可这是去往刀口上撞啊，眼看就要……彼得·安德列伊奇……彼得·安德列伊奇少爷！……别害人啦！……上帝啊，这小少爷要完蛋了！"

别尔德村的灯火很快就闪现出来。我们骑到一道作为村寨天然工事的壕沟边。萨维里奇没被我丢远，他仍在不停地发着牢骚。我正希望能顺利地绕过村寨，突然，在昏暗之中，我发现有五个手持棍棒的汉子就站在我前面：这是普加乔夫驻地的前沿哨兵。他们在向我们喊话。我不知道口令，便想悄悄绕过他们；可他们立刻就把我给围住了，其中一个人还抓住我的马笼头。我抽出军刀向那人的脑袋砍去；帽子救了他的命，但他还是摇晃几下，松开了笼头。其他人也害怕了，向一边跑去；我利用这个机会，策马向前冲去。

越来越暗的夜能使我摆脱一切危险，但是我回头一看，突然发现萨维里奇不在我身后。可怜的老人骑着匹瘸腿马，不可能逃出强盗们的手心。怎么办呢？我又等了他几分钟，确信他被抓住了，于是我掉转马头，前去救他。

走近壕沟，我老远就听见喧闹声、叫喊声和我的萨维里奇的声音。我骑得更快了，不一会就重新置身在几分钟前被我抛开的那几个哨兵中间。萨维里奇被他们围在当中。他们把老人从他的瘦马上拖下来，打算把他捆起来。

我的到来使他们大为高兴。他们叫喊着向我扑来，一转眼就把我拉下了马。其中一个人，看来是他们的头，向我们宣布，他现在就要带我们去见皇上。接着他又补充道："是马上把你们绞死，还是等到天亮，我们的老爷会下命令的。"我没有反抗；萨维里奇也照我的样子做了。哨兵们得意扬扬地押着我们。

我们越过壕沟，走进村寨。所有的屋子里都亮着灯。到处都飘荡着喧闹声和喊叫声。在街上我遇到很多人；但是在黑暗中没有一个人看清我，也没有一个人认出我是奥伦堡的军官。我们被直接带到位于十字路口拐角处的一间屋子里。屋子门口立着几只酒桶和两门大炮。"这就是皇宫，"其中一个汉子说道，"我现在就去通报。"他走进那间农舍。我看了萨维里奇一眼；老人在画十字，默默地祈祷。我等了很久；那汉子终于回来了，对我说道："去吧，我们的老爷让把军官带进去。"

我走进农舍，或者如那几个汉子所言，走进了皇宫。两支蜡烛照亮房间，墙壁上糊着金纸；但是，几个凳子，一张桌子，吊在绳子上的脸盆，挂在钉子上的毛巾，放在墙角的炉叉，摆满盆盆罐罐的炉台，这一切却是农舍里常见的陈设。普加乔夫坐在圣像下面，他身穿红袍，头戴一顶高高的帽子，威严地叉着腰。在他的身边，站着他手下几个主要同党，他们都带着毕恭毕敬的表情。看来，来了一个奥伦堡军官的消息引起了叛匪们的强烈好奇，于是他们准备以一副庄重的姿势来迎候我。普加乔夫一眼就认出我。他那做作的威严顿时消失了。“啊，大人!”他快活地对我说，“你过得怎么样啊？上帝怎么把你带到这里来了？”我回答，我要去办一件私事，但他的人把我给拦住了。“你办的是什么事呢？”他问我。我不知道该如何回答。普加乔夫认为我不愿当着众人的面做解释，便转身示意他的同伙，要他们退下。所有人都退下了，只有两个人没有动。“您就当着他俩的面大胆说吧，”普加乔夫对我说，“我什么事都不瞒他们。”我向自封为帝者的那两个心腹瞥了一眼。其中一位是个干瘦、驼背、胡须花白的老头，除了那条斜披在灰色长袍外的天蓝色绶带之外，他身上没有任何惹人注目的东西。但他那位伙伴却让我永生难忘。他身材很高，膀大腰圆，我猜他的年纪在四十五岁左右。浓密的红胡子，亮闪闪的灰色眼睛，几乎不见鼻孔的鼻子，额头和腮帮上红色的斑点，这一切使他那张宽大的麻脸带有一种难以言状的表情。他穿一件红衬衫、一件吉尔吉斯长袍和一条哥萨克灯笼裤。第一个人（如我后来得知）是逃跑的班长别洛博罗多夫，第二个是阿法纳西·索科洛夫（绰号“爆竹”），他是一个被流放的罪犯，先后三次从西伯利亚矿山逃走。当时，虽然我的情绪非常焦灼，但我不幸地置身于其中的这个场合，还是强烈地激发了我的想象。然而，普加乔夫的发问却把我拉了回来：“你说，你从奥伦堡出来到底为了啥事？”

我的脑海里闪现出一个奇异的念头：我觉得，天意又一次将我带到普加乔夫面前，它使得我有机会实现自己的打算。我决定利用这个机会，未作细想，我便回答普加乔夫的问题道：

“我去白山要塞救一个孤女，她正在那里受人欺负。”

普加乔夫的眼睛闪亮起来。“我的人里面有谁敢欺负孤女啊？”他喊道，“不管他有多聪明，也别想逃脱我的审判。你说那个罪犯是谁？”

“是施瓦勃林，”我答道，“他关押那个姑娘，那姑娘你也见过，就是神甫太太家那个生病的女孩，施瓦勃林要强娶她为妻。”

“我要教训教训这个施瓦勃林，”普加乔夫愤怒地说，“要让他知道知道，在我这里胡作非为、欺负百姓会有什么下场。我要绞死他。”

“请听我说一句，”“爆竹”声音嘶哑地说道，“你匆匆忙忙任命施瓦勃林做了要塞司令，现在又要匆匆忙忙把他绞死。你让一个贵族当哥萨克的头，已经得罪了哥萨克；你现在一听到谗言又要绞死贵族，会吓着贵族们的。”

“贵族们没什么可同情的，也不值得重视！”身披蓝绶带的老头说，“绞死施瓦勃林不是什么大事；但细细审一审这位军官先生也不是坏事，问问他是来干什么的。如果他不承认你是皇帝，他就没有必要到你这里来寻找正义；如果他承认你是皇帝，那他为什么和你的仇人们一起在奥伦堡城一直待到今天呢？你应该下令把他送到审讯室去，把那儿的火烧旺些，我估计，这位少爷是被从奥伦堡派到我们这里来的。”

我觉得，这个老恶棍的逻辑相当具有说服力。一想到我是落在什么样一伙人的手里，一阵寒意便掠过我的全身。普加乔夫看出我的慌乱。“怎么啦，大人?”他对我使了个眼色，说道，“看来，我的大元帅说得在理。你是怎么想的呢?”

普加乔夫的玩笑使我重新恢复了精神。我平静地回答，我现在处在他的手心里，他有权随意处置我。

“好，”普加乔夫说，“那你现在就说说你们城里的情况。”

“谢天谢地，”我回答，“一切都好。”

“一切都好?”普加乔夫重复了一句，“百姓都快要饿死了!”

这个自封为帝的人说的是实情；但是我要遵守自己的誓言，于是便说道，那都是些谣言，奥伦堡城里的储备很充足。

“你瞧，”那个老头抓住了把柄，“他在当着你的面骗你。所有从城里逃出来的人都说奥伦堡城里正在闹饥荒，流行瘟疫；而这位少爷却说什么储备充足。如果您想吊死施瓦勃林，就把这位年轻人与他在同一个绞架上吊死吧，省得他俩互相争风吃醋。”

这该死老头的话似乎让普加乔夫有些动心。幸好，“爆竹”出面和他的同伙顶了起来。

“够了，纳乌梅奇!”“爆竹”对他说，“你成天杀呀砍呀的，你充什么好汉？瞧瞧你长了一颗什么心？自己都已经看得见坟墓了，还要杀人。你良心上的血还嫌少吗？”

“你来卖什么乖？”别洛博罗多夫反驳道，“你哪里来的这副好心肠啊？”

“当然，”“爆竹”答道，“我是有罪，这只手（这时他握起骨节粗大的拳头，挽起袖口，露出毛乎乎的胳膊），这只手沾过基督徒的血。但是我杀的是仇人，而不是客人；我在野路口、在黑树林杀人，而不在家里头、在火炉边杀人；我用铁锤和板斧杀人，不靠娘儿们那样的谗言杀人。”

老头转过身去，叽咕了一句：“破鼻孔！……”

“你在那里嘀咕什么，老东西！”“爆竹”叫了起来，“我也要来扯破你的鼻孔；等着瞧，会有你好看的；上帝会叫你的鼻子闻火钳的……现在你要当心，别让我扯了你的胡子！”

“将军先生们！”普加乔夫威严地发了话，“你们争够了。要是奥伦堡城所有的狗军官们都在同一个绞架上蹬腿，那倒不是坏事；可要是我们的公狗互相咬了起来，那就是一桩坏事了。好了，你们讲和吧。”

“爆竹”和别洛博罗多夫一句话也不说，阴森森地对视着。我感到有必要改变这个最终会对我非常不利的话题，于是便转向普加乔夫，神情高兴地对他说：“啊哈！我差点忘了感谢你的马和皮袄了。没有你，我是到不了城里的，半路上就会冻死。”

我的计谋奏了效。普加乔夫高兴起来。“好借好还嘛。”他说道，他的眼睛眨了眨，又眯了起来，“你现在告诉我，那个受施瓦勃林欺负的姑娘和你有什么相干？你这个年轻人是不是爱上她了？啊？”

“她是我的未婚妻。”我回答普加乔夫，我发现气氛有了好的转机，便觉得没有必要再隐瞒实情了。

“你的未婚妻！”普加乔夫喊了起来，“你为啥不早说呢？我们要来给你办喜事，在你的婚礼上好好喝一通！”然后，他转身对别洛博罗多夫说，“听着，大元帅！我和这位大人是老朋友；我们坐下来吃顿晚饭吧；人在早上比晚上聪明；到底拿他怎么办，我们明天再说吧。”

如果能拒绝他的邀请，我是会感到高兴的，但是毫无办法。房屋主人的女儿——两个年轻的哥萨克女孩在桌上铺了白色台布，端来面包和汤，还有几瓶葡萄酒和啤酒，就这样，我又一次与普加乔夫及其可怕的同伙们一起共进晚餐。

我被迫目睹的这次狂饮一直持续到深夜。最后，同桌的人都有了醉意。普加乔夫坐着没动窝，打起瞌睡来；他的同伙们向我示意，要我离开他。我和他们一同走了出来，根据“爆竹”的命令，一个卫兵把我带到审讯室，在那里我见到了萨维里奇，看守把我俩反锁在屋里。目睹所有这一切之后，老仆人非常惊恐，甚至没有向我提出任何问题。他躺在黑暗中，长吁短叹了许久；最后，他打起鼾来，我却陷入深思，纷乱的思绪使我一整夜都未曾合眼。

早晨，普加乔夫派人来叫我。我到了他那里。他的门前停着一辆套着三匹鞑靼马的马车。街上聚集着百姓。我在前厅碰见普加乔夫：他一身上路的打扮，穿着皮袄，带着吉尔吉斯皮帽。昨天的酒友簇拥在他左右，他们都带着毕恭毕敬的神情，与我昨夜的所见完全不同。普加乔夫高兴地和我打一个招呼，让我和他一起坐到马车里去。

我们坐了进去。“去白山要塞！”普加乔夫对站在那里准备赶车的宽肩膀的鞑靼人说。我的心急剧地跳起来。马儿迈动步子，车铃响了起来，马车疾驶而去……

“停下！停下！”一个我非常熟悉的声音传了过来，一回头，我看到正向我们跑来的萨维里奇。普加乔夫让车夫把马车停下来。“少爷，彼得·安德列伊奇！”老仆人叫喊道，“别把我这个老人扔在这些骗子中间……”“啊，老家伙！”普加乔夫对他说，“上帝让我们又见面了。好吧，坐到驾台上去吧！”

“谢谢，皇上，谢谢，我的亲老子！”萨维里奇边说边坐上车来，“你收留、安慰了我这个老头子，上帝会保佑你长命百岁的。我一辈子都要为你祈祷上帝，那件兔皮袄我再也不提了。”

这件兔皮袄倒真的有可能引普加乔夫生气。幸运的是，那个自封为帝的人要么没有听见，要么不想理会这个不适宜的提示。马又跑了起来；街上的百姓都停下脚步，深深地鞠躬。普加乔夫不停地向两边点头。一分钟后我们驶出村寨，在平滑的大道上飞驰。

不难想象我此时的感受。再过几个小时，我就要与我原以为已永远失去的姑娘相会。我在设想我们重逢的那一瞬间……我也想到了这个人，我的命运就攥在他手里，由于一个奇特的机缘，我与他发生了神秘的关联。我回忆起他草菅人命、嗜血成性的行为，可这样一个人却自告奋勇要去救我心爱的姑娘！普加乔夫还不知道，她就是米罗诺夫大尉的女儿；满怀仇恨的施瓦勃林会向他挑明一切；普加乔夫也可能通过其他方法了解到实情……到那时，玛丽娅·伊万诺夫娜会怎样呢？一阵寒意掠过我的身体，连头发也竖了起来……

突然，普加乔夫打断了我的思绪，他转身问我道：

“你在想什么，大人？”

“怎能不想呢？”我回答他，“我是一个贵族，一名军官；昨天我还在和你打仗，今天却和你坐同一辆马车赶路，我一生的幸福也都靠你了。”

“怎么？”普加乔夫问，“你害怕了？”

我回答说，我既然蒙他赦免，便不仅指望他的宽恕，也指望他的帮助。

“你说对了，谢天谢地，说对了！”自封为帝的人说，“你也看到了，我的弟兄们都斜眼看你；那老头今天还对我说你是奸细，还说应该拷问你，把你绞死；但我没同意，”为了不让萨维里奇和那个鞑靼人听见，他压低声音，又补充道，“我还记得你的那杯酒和那件兔皮袄。你瞧，我并不像你的弟兄们所说的那样是个吸血魔王。”

我想到白山要塞的被攻占；但是没有必要和他争论，于是我便没有搭腔。

“在奥伦堡人们是怎么说我的？”沉默了一会之后，普加乔夫问道。

“人们都说你很难对付；没什么说的，你已经出名了。”

自封为帝者的脸上现出了得意的神情。“是啊！”他兴高采烈地说道，“我无人能挡。你们奥伦堡人知道尤泽耶瓦的那次战斗吗[①]？打死了四十个将军，俘虏了四个军。你是怎么想的，普鲁士国王能打得过我吗？”

这个强盗的吹牛让我觉得好笑。

“你自己怎么想的？”我对他说，“你能对付得了弗里德里希吗？”

“是费奥多尔·费奥多罗维奇吗？有什么不行的？我打败了你们的将军，你们的将军又打败了他。直到今天我的部队还没败过。总有一天我要打进莫斯科的。”

“你想打进莫斯科？”

自封为帝者想了想，然后低声说道：

“上帝才知道。我的路很窄；由不得我的事也不少。我的好兄弟自作聪明。他们都是贼。我必须竖起耳朵来，时时提防；只要一打败仗，他们就会拿我的脑袋去换回他们的脖子。”

“是啊！”我对普加乔夫说，“你干吗不趁早扔下他们，到女皇陛下那里去自首呢？”

普加乔夫苦笑了一下。

“不，”他回答，“我去忏悔已经晚了。我是得不到宽恕

---

① 尤泽耶瓦的那次战斗，指 1773 年 11 月 9 日，普加乔夫在尤泽耶瓦村附近大败前来解围奥伦堡的官军。

的。我是怎样开的头，还要怎样干下去。谁知道呢？也许能成大事哩！格里什卡·奥特列彼耶夫不是在莫斯科称帝了吗？”

“你知道他是什么下场吗？他被从窗户扔出去，被剁成泥，烧成灰，骨灰还被装进大炮，一炮轰了出去！”

“你听着，”普加乔夫带着一种野性的灵感说道，“我来给你说个故事，那是我小时候一个卡尔梅克老太太说给我听的。有一回，一只鹰问一只乌鸦：你说说，乌鸦鸟，为啥你在这世上能活三百年，而我只能活三十年呢？乌鸦回答鹰说：兄弟，因为你喝的是鲜血，而我吃的是腐肉。鹰想了想，说：让我们也来试试吃点腐肉吧。好的。鹰和乌鸦飞了起来。它们看到一匹死马；它们落了下来，站在死马的尸体上。乌鸦啄起腐肉来，说很好吃。鹰啄了一口，又啄一口，然后抖了抖翅膀，对乌鸦说：不，乌鸦兄弟，三百年吃腐肉，还不如只喝一回鲜血，然后就听上帝的安排吧！这个卡尔梅克故事怎么样啊？”

“很有趣。”我回答他，“但是我认为，过杀人抢劫的生活就好比吃腐肉。”

普加乔夫惊奇地看了我一眼，什么也没说。我俩都不再作声，各自想着心思。鞑靼人唱起忧伤的歌。萨维里奇打着盹，在驾台上晃悠着。马车在平滑的冬季道路上飞奔……突然，我看见了那个坐落在亚伊克河陡峭河岸上的小村，看见了村子的栅栏和钟楼，一刻钟后，我们便驶进了白山要塞。

第十二章　孤　女

就像我们的苹果树，
没有树梢又缺了枝桠；
就像我们的公爵小姐，
她死了父亲又没了妈。
谁也不会来打扮她，
也没有人来祝福她。

——婚礼歌

马车驶到要塞司令家的台阶前。百姓听出普加乔夫的车铃声，便成群结队地向我们跑来。施瓦勃林在台阶上迎接自封为帝者。他穿着哥萨克服装，还留起胡须。这个叛徒扶普加乔夫出马车，无耻地表现出他的高兴和忠诚。看到我，他一下窘住了；但是他很快缓过神来，向我伸出手，说道："你也是我们的人了？早该这样了！"我转过身，没有理他。

走进我早已熟悉的那个房间时，我心里很难过，死去的要塞司令的军官证书还挂在墙上，就像是过去时光悲伤的墓志铭。普加乔夫在沙发上坐下来，从前，伊万·库兹米奇经常伴着老伴的唠叨在这张沙发上打瞌睡；施瓦勃林亲自给普加乔夫端来了酒。普加乔夫喝了一盅，然后指着我对施瓦勃林说："给这位大人也来一盅。"施瓦勃林端着托盘来到我面前；但我又一次把身体背向他。他自己也觉得很不自在。他一贯精明，当然能看出普加乔夫对他不满。在普加乔夫面前他很胆怯；而在看我时，他则带着一种怀疑神情。普加乔夫问了些要塞里的情况和有关敌军的消息，然后突然问他：

"告诉我，老弟，你关押了一个什么姑娘？把她给我看看。"

施瓦勃林的脸色像死人的脸一样苍白。

"皇上，"他声音颤抖地说，"皇上，她没被关押……她是病了……她现在躺在闺房里。"

"你领我去见她。"自封为帝的人站起来。推托是不可能的。施瓦勃林领着普加乔夫向玛丽娅·伊万诺夫娜的闺房走去。我跟在他们身后。

施瓦勃林在楼梯上停了下来。"皇上！"施瓦勃林说，"您随便怎么要求我都行；但是请别让不相干的人进我妻子的卧室。"

我浑身发抖。

"你已经娶了她！"我对施瓦勃林说，恨不得把他撕成碎片。

"安静！"普加乔夫打断我的话，"这是我的事情。而你，"他面对施瓦勃林继续说，"别自作聪明，别绕圈子。

不管她是不是你的妻子，我爱带谁去见她，就带谁去。大人，跟我来。”

在闺房的门口，施瓦勃林又一次停下来，他结结巴巴地说：

“皇上，我可要事先向您说明，她得了严重的热病，连续说了三天胡话。”

“把门打开!”普加乔夫说。

施瓦勃林在自己的衣袋里翻了一通，说没带钥匙。普加乔夫抬脚向房门踹去；门锁掉下来；房门开了，我们走了进去。

我望了一眼，僵住了。玛丽娅·伊万诺夫娜穿着破烂的农家姑娘衣裙坐在地板上，她苍白消瘦，头发凌乱。她面前摆着一个水罐，水罐上盖着一片面包。看见我，她颤抖一下，叫起来。我当时是个什么样子，我自己已记不清了。

普加乔夫看了施瓦勃林一下，冷笑着说：“你这间病房不错嘛!”然后，他走近玛丽娅·伊万诺夫娜，问道：“告诉我，亲爱的小鸽子，你丈夫为啥要惩罚你？你在他面前犯了啥罪?”

“我丈夫?!”她重复了一句，“他不是我丈夫。我永远也不做他妻子！我宁愿死，也不愿做他的妻子。”

普加乔夫威严地盯了施瓦勃林一眼。

“你竟敢骗我!”他对施瓦勃林说，“你这个无赖，知不知道你该当何罪?”

施瓦勃林跪了下来……这时，对施瓦勃林的轻蔑掩盖住我心中的所有仇恨和愤怒。我厌恶地望着那个匍匐在哥萨克逃犯脚下的贵族。普加乔夫温和下来。

“我饶了你这一回，”他对施瓦勃林说，“但你要记着，下一次可要新账旧账一块算。”

然后他转向玛丽娅·伊万诺夫娜，和气地对她说：

“出来吧，漂亮的姑娘；我给你自由了。我就是皇帝。”

玛丽娅·伊万诺夫娜匆匆看了他一眼，意识到眼前这个人就是杀害她父母的凶手。她用双手捂着脸，失去了知觉。我朝她扑过去；但就在这时，我的老熟人帕拉莎十分勇敢地跑进房间，开始照顾她的小姐。普加乔夫走出闺房，我们三人来到客厅。

“怎么样，大人？”他笑着说，“我们救了一个漂亮姑娘！你看怎么样，是不是派人去叫神甫，要他为他的侄女主持婚礼？也许，我来做主婚人，施瓦勃林来做伴郎；我们大吃一通，大喝一通，然后就把房门一关！”

我担心的事到底发生了。听到普加乔夫的话，施瓦勃林火了。

“皇上！”他气急败坏地叫道，“我骗了你，我有罪；但格里尼奥夫也在骗你。这个姑娘不是本村神甫的侄女，她父亲就是那个在拿下本要塞后被绞死的伊万·米罗诺夫。”

普加乔夫用他那双火辣辣的眼睛盯着我。

“这又是怎么回事？”他不解地问我。

“施瓦勃林说的是实话。”我语气肯定地回答。

“这事你可没对我说过。”普加乔夫说，他的脸色阴沉下来。

“你自己想一想，”我回答他道，“我能当着你那些人的面说米罗诺夫的女儿还活着吗？他们会吞了她的。那就怎么也救不了她了！”

“倒也是实话，”普加乔夫说道，笑了，“我的醉鬼们不会饶过这个可怜的姑娘。神甫太太干得好，她骗了他们。”

“你听我说，”见他心情不错，我接着说道，“该怎么称呼你，我不知道，也不想知道……但是上帝知道，我愿意用我的生命报答你为我做的一切。只是请你别让我去做违背我的名誉和基督良心的事。你是我的恩人。你就把好事一做到底吧，放我和那位可怜的孤女一起走吧，走上帝给我们指的路。而我们，无论你在哪里，无论你出了什么事，我们每天都要祈求上帝拯救你有罪的灵魂……”

看来，普加乔夫那颗冷酷的心也被打动了。“就按你说的办！”他说，“要杀就杀，要饶就饶，这就是我的习惯。带上你的美人，爱去哪儿就去哪儿，让上帝赐给你们爱情和忠告吧！”

接着他又转向施瓦勃林，命他给我办一张能在他所管辖的所有关卡和要塞通行的路条。施瓦勃林垂头丧气，像一根木桩似的站在那里。普加乔夫要去查看要塞，施瓦勃林陪他去了；我则推说要做上路的准备，留了下来。

我向闺房跑去。门闩上了。我敲了敲门。“谁呀？”帕拉莎问。我报了名字。门后传来玛丽娅·伊万诺夫娜的可爱声音。“等一等，彼得·安德列伊奇。我在换衣服。您去阿库尼娜·帕姆费罗夫娜那里吧，我马上就过去。”

我依了她，向盖拉西姆神甫家走去。神甫和神甫太太跑出来迎接我。萨维里奇已经事先通知了他们。“您好，彼得·安德列伊奇，”神甫太太说，“上帝让我们又见面了。您过得怎么样？我们可是每天都惦记着您啊。您不在，我亲爱的小鸽子玛丽娅·伊万诺夫娜可受够了罪啦！……我的少爷，您说说，您怎么和普加乔夫处得这么好呢？他为什么没杀您呢？好了，为了这事真得谢谢这个恶人呢。”“够了，老太婆，”盖拉西姆神甫打断话头，“别把你知道的事都扯了出来。言多必失啊。彼得·安德列伊奇少爷！您请进屋。我们好久好久不见啦。”

神甫太太把所有的东西都拿出来招待我。与此同时，她一直在不停地说话。她对我讲道：施瓦勃林怎样强迫他们把玛丽娅·伊万诺夫娜嫁给他；玛丽娅·伊万诺夫娜怎样痛哭着不愿和他们分开；玛丽娅·伊万诺夫娜怎样通过帕拉什卡一直与他们保持联系（帕拉莎是个机灵姑娘，她能让那个军士听她的话）；她自己又怎样劝玛丽娅·伊万诺夫娜给我写信，等等。我也简短向她谈了我的经历。听说普加乔夫已经知道他们撒的谎，神甫和神甫太太画了个十字。“愿神的力量保佑我们！”阿库尼娜·帕姆费罗夫娜说，“求上帝快赶走这片乌云吧。唉，这个阿列克赛·伊万内奇，没什么说的，真是个坏蛋啊！”就在这时，门开了，玛丽娅·伊万诺夫娜走进来，她苍白的脸上带着微笑。她已换下那身村姑衣裙，现在的装束和从前一样，既简朴又可爱。

我抓住她的手，许久没能说出一个字来。我俩都是满肚子话，却又都沉默着。我们的两个主人觉得我们已顾不上他们，便离开我们。我俩单独留在一起。一切都被抛到一边。我们说呀说，有说不完的话。玛丽娅·伊万诺夫娜向我讲述了自要塞失守后她所遭遇的一切；她向我描述她处境的可怖以及可恶的施瓦勃林使她遭受的不幸。我们还回忆起往日的幸福时光……我俩都哭了……最后，我对她说起我的打算。不可能把她留在普加乔夫统治、施瓦勃林管制的要塞里。也不能考虑去正因围困而蒙难的奥伦堡。她在这个世界上又没有一个亲人。我建议她到我父母的庄园去。她起初有些犹豫：她知道我父亲不赞成这门亲事，因此感到害怕。我安慰了她。我知道，接受一个为国捐躯的可敬军人的女儿，我父亲会因此感到幸福，并把这当成他的义务。“亲爱的玛丽娅·伊万诺夫娜，”我最后说道，“我已把你看成我的妻子。奇异的境遇把我们紧紧结合在一起，世界上再没有什么东西能将我们分开。”玛丽娅·伊万诺夫娜静静地听着我的话，没有做作的忸怩，没有巧妙的托词。她感到，她的命运已经和我的命运联系在一起。但是她仍反复地说，若没有我父母的同意她不会做我的妻子。我没有反对她的这个意见。我们接吻了，热烈地、诚挚地吻着，就这样，我俩的事情决定了下来。

一小时后，军士给我拿来一张通行证，上面有普加乔夫潦草的签字；军士还说，普加乔夫让我到他那里去。我见到他时，他正打算上路。与这位除我一人之外人人都视其为恶棍、强盗的可怕人物分手时，我说不出自己是什么感受。为什么不道出实情呢？在这一时刻，我对他怀有深深的同情。我非常想把他从他领导的那帮恶棍中拉出来，趁着还来得及，救他一命。施瓦勃林和聚集在他周围的人，妨碍我向他和盘托出我满腹的心里话。

我们友好地告别。看到人群中的阿库尼娜·帕姆费罗夫娜，普加乔夫伸出指头吓唬了她一下，还意味深长地眨了眨眼；然后他坐进马车，吩咐把马车赶到别尔德村去，当马儿已开始动步的时候，他又一次从马车探出身来，向我喊道："再见，大人！也许我们还会见面的。"我们真的又见了一次面，可那是在怎样的场景里见的面啊！……

普加乔夫走了。我久久看着他那辆三套车渐渐隐没其中的白茫茫的草原。人群散开。施瓦勃林不见了。我返身回到神甫家里。我们上路的事全都准备好了；我也不想再耽搁。我们的东西都装在要塞司令的那辆旧马车上。车夫很快就套好马。玛丽娅·伊万诺夫娜要去再看看教堂后面她父母的坟墓。我想陪她去，但她求我让她一个人去。几分钟后她回来了，默默地流着泪。马车驶到门口。盖拉西姆神甫和他的妻子出门站在台阶上。我们三人，玛丽娅·伊万诺夫娜、帕拉莎和我，坐进马车。萨维里奇坐到驾台上。"再见，玛丽娅·伊万诺夫娜，我亲爱的小鸽子！

再见，彼得·安德列伊奇，我们年轻的鹰!”善良的神甫太太说道，“一路平安，上帝保佑你俩幸福!”我们走了。在要塞司令家的窗口边，我见到站在那里的施瓦勃林。他的脸上流露出阴森森的仇恨。我不想在战败的敌人面前炫耀，便把目光转向另一边。终于，我们驶出要塞大门，永远离开了白山要塞。

第十三章　被　捕

“别生气，老爷，我在执行公务，
我得马上送您进监狱。”
“请吧，我已做好准备，
但希望你先把事情说清。”

——克尼亚什宁

早晨还在痛苦地思念这个可爱的姑娘，此时却意外地与她相逢，这使得我简直不敢相信自己，认为这一切都是一场梦。玛丽娅·伊万诺夫娜若有所思地时而看着我，时而看看道路，好像还没缓过神来。我们沉默不语。我们的心太疲惫了。大约两小时后，我们不知不觉来到近处一个仍在普加乔夫控制下的要塞。我们在这里换马。从套马的速度之快，从那个被普加乔夫任命为要塞司令的大胡子哥萨克殷勤的忙活劲儿上，我看出，由于我们这位车夫的饶舌，我被视为一位宫廷宠臣。

我们继续往前走。天黑下来。我们走近一个小镇，据那个大胡子要塞司令说，这小镇里驻扎着一支前来与自封为帝者会合的大部队。哨兵拦住我们。哨兵问：“来人是谁?”车夫大声回答:“是皇上的教亲和他太太。”突然,一群骠骑兵把我们围起来,嘴里骂着难听的脏话。“出来,鬼教亲!”一个留着唇须的队长向我说,“会有你好看的,还有你太太!”

我走出马车,要求他们带我去见他们的首长。见我是一名军官,士兵们停止叫骂。队长带我去见少校。萨维里奇跟着我,独自嘟囔着:“你干吗要做这个皇上的教亲啊?刚出火坑又进开水锅……上帝啊!这事啥时是个头啊?”马车缓缓跟在我们后面。

五分钟后我们来到一幢灯火通明的小屋前。队长让卫兵看着我,自己进屋去通报。他很快就回来了,对我说,大人没时间接待我,吩咐把我拘留起来,把太太带到他那里去。

“这是什么意思?”我疯狂地喊道,“难道他疯了吗?”

“我不知道,大人,”队长回答,“我们大人只吩咐把大人您带去看起来,把大人您的太太带到我们大人那里去,大人!”

我向台阶冲去。哨兵们没来得及阻拦我,我直接跑进房间,房间里有六七个骠骑兵军官正在玩纸牌。少校是庄家。我向少校看了一眼,认出他就是在辛比尔斯克旅馆里赢过我钱的伊万·伊万诺维奇·祖林,这时,我是多么吃惊啊!

“这可能吗?”我叫道,“伊万·伊万诺维奇!是你吗?”

“啊嗬嗬,彼得·安德列伊奇!真巧啊!你从哪来?

你好，老弟。你想玩两把牌吗？”

“谢谢。你最好还是给我弄个住处吧。”

“你要住处干吗？就住我这里吧。”

“不行，我不是一个人。”

“那好，把你的伙伴也叫到这里来。”

“我不是和伙伴一起来的；和我同行的……是一位太太。”

“一位太太！你从哪儿弄到的？嘀，老弟！”（说完这话，祖林富有感染力地吹了一声口哨，逗得众人全都笑了起来，我感到非常狼狈。）

“好吧，”祖林继续说，“就这样。给你一个住处。真遗憾……我们本可以按老规矩好好喝一顿……嗨！哨兵！干吗还不把普加乔夫的女干亲带到这里来？她还在犟着呢？告诉她，别害怕，老爷是个好老爷，一点也不会欺负她，只会叫她开心。”

“你说的什么啊？”我对祖林说，“哪有什么普加乔夫的女干亲？她是牺牲的米罗诺夫大尉的女儿。我把她从叛军那里救了出来，现在送她去我父亲的庄园，我要让她住在那里。”

“怎么？刚才向我报告说抓了人，原来就是你？饶了我吧！这是怎么回事啊？”

“我过一会儿再对你说明一切。现在，你赶快去安慰安慰那个可怜的姑娘吧，你的骠骑兵把她吓坏了。”

祖林立即做了安排。他亲自走到外面向玛丽娅·伊万诺夫娜道歉，说这是一场误会，然后命队长把她领到城里最好的一处住房里去。我则留在他这里过夜。

我们吃了晚饭，接着，在只剩下我们两个人的时候，我向他讲述了自己的经历。祖林非常认真地听着我的叙述。听完我的话，他摇着头，说道："所有这一切，老弟，都不坏；只有一件事不好：见你的鬼，你干吗要结婚呢？我是一个正直的军官，不想欺骗你，请你相信我。结婚是在干傻事。你干吗要去守着老婆、抱着孩子呢？嗨，去它的吧。听我一句话：丢开那个大尉的女儿吧。通往辛比尔斯克的道路已被我扫清，现在很安全。你明天就打发她一个人去你父母那里；你就留在我的队伍里。你没有必要再回奥伦堡。如果你又落到暴徒们手里，未必能再次摆脱他们。就这样办吧，你爱情的傻劲就会过去的，一切都会顺心如意的。"

虽说我并不完全同意他的意见，但是我感到，军人的义务要求我留在女皇的军队中。我决定听从祖林的劝告：把玛丽娅·伊万诺夫娜送到父母的庄园去，我则留在他的部队里。

萨维里奇来帮我脱衣服；我要他做好准备，明天和玛丽娅·伊万诺夫娜一起上路。他又犟了起来。"你说什么，少爷？我怎能离开你呢？谁来照顾你呢？你父母会说啥呢？"

我深知我这位老仆人的犟劲，决定用温情和诚心来说服他。"阿尔希普·萨维里奇，我的朋友！"我对他说道，

“你就做一回我的恩人吧，别拒绝我；我这里不需要人照顾，如果没有你陪着，让玛丽娅·伊万诺夫娜一个人上路，我也不会放心的。你去照顾她吧，你照顾她也就是照顾我，因为我已经下定决心，只要情况允许，我马上就和她结婚。”

萨维里奇两手一拍，神情非常吃惊。

“结婚!”他重复一句，“小孩子想结婚？你父亲会说啥？你母亲又会咋想？”

“他们会同意的，”我回答，“等他们了解了玛丽娅·伊万诺夫娜，他们一准儿会同意的。我把希望寄托在你身上了。父母亲都很相信你，你为我们说说好话吧，行吗？”

老人被打动了。“唉，我的少爷彼得·安德列伊奇啊!”他答道，“你想结婚是早了点，可玛丽娅·伊万诺夫娜也着实是个好姑娘，错过她也是罪过呀。就依你吧！我去护送这位天使，我还要实心实意向你父母汇报，娶这个姑娘是用不着嫁妆的。”

我谢过萨维里奇，便和祖林躺在同一个房间里。我情绪激动，心潮起伏，于是滔滔不绝地谈论起来。祖林一开始还兴致很浓地与我交谈；渐渐地，他的话越来越少，越来越不连贯。终于，他不再回答我的问题，扯起呼噜来。我沉默一会儿，很快也和他一样睡着了。

第二天早上，我来到玛丽娅·伊万诺夫娜那里。我把自己的决定告诉她。她承认我的决定有道理，立即就同意了。祖林的部队必须在同一天开出城去。没什么可拖延的。我随即和玛丽娅·伊万诺夫娜分手，我把她托付给萨维里奇，并把一封写给我父母的信交给她。玛丽娅·伊万诺夫娜哭了。“再见，彼得·安德列伊奇!”她轻声地说，“我们能不能再见面，这只有上帝才知道；但是，我一辈子都不会忘记您；到我死时，我心里也只有您一个人。”我什么话也说不出来。我们周围站着许多人。我不想当着他们的面表露出那些激动着我的情感。她最终离去了。我回到祖林的住处，心情忧伤，一言不发。他想让我高兴高兴；我也想让自己散散心；我们喧闹、放荡地过了一天，晚上，我们就出发了。

此时为二月底。给军事部署带来困难的冬季正在过去，我们的将军们准备协同行动。普加乔夫仍驻扎在奥伦堡附近。与此同时，在他周围，各路军队从四面八方渐渐逼近叛军的老巢。我们的部队一到，叛乱的村寨便望风而降；叛匪部队被我们追得四处逃窜。一切情况都表明，战事很快就将顺利结束。

不久，戈利岑公爵在塔基希瓦要塞附近击溃普加乔夫，打散他的队伍，解了奥伦堡的围，看来是给了这次叛乱以最后的、决定性的打击。当时，祖林被派去攻打叛乱的巴什基尔人部队，可那些部队在我们碰到他们之前就散伙了。春天把我们困在一个鞑靼小村里。河流泛滥，道路变得难以通行。我们无所事事，但可以聊以自慰的是，与强盗和野蛮人进行的这场无聊、零碎的战争很快就会结束。

但是普加乔夫没有被抓到。他出现在西伯利亚的工厂里，在那里纠集起新的部队，又开始作乱。关于他得胜的消息又传播开来。我们听说，一些西伯利亚要塞被攻陷。很快又得知，喀山失守，自封为帝的人正在向莫斯科进军，这些消息让那些糊涂地认为那个可恶的暴动者不堪一击的军队首长们慌了神。祖林接到了要他横渡伏尔加河的命令。

我不去描写我们的进军和战争的结束。我只简单地说一句，灾难已经到了极限。我们经过遭到叛匪抢劫的村庄，又不得不从贫穷的居民那里抢走他们有幸藏下来的东西。各地的行政机关全部瘫痪；地主们都躲进森林。叛匪的军队到处作恶；各部队的长官们随心所欲地惩罚和赦免；这烽火连天的广大地区，其状惨不忍睹……上帝啊，别再让人目睹这俄国的暴动了，这毫无意义的、残酷至极的暴动！

普加乔夫被伊万·伊万诺维奇·米赫尔松追得乱跑。很快我们便得知他被彻底打垮。最后，祖林接到一个情报，说那个自封为帝的人已被抓获，同时，他还接到命令，要他原地待命。战争结束了。我终于能回到我父母的身边了！一想到将拥抱我的父母，将见到我一直没有得到其任何消息的玛丽娅·伊万诺夫娜，我的心里便充满狂喜。我像个孩子一样地跳了起来。祖林笑了，他耸了耸肩膀说："不，你会倒霉的！一结婚，你就完了！"

但与此同时，一种奇怪的感情却冲淡了我的欢喜，一想到那个手上沾满许多无辜者鲜血的恶人，再想到他面临的死刑，我不由自主地慌乱起来："叶米里扬啊，叶米里扬!”我遗憾地想着,“你为什么没在刺刀和霰弹中倒下呢?你不会有什么好结果的。”我能做些什么呢?一想到他,我便忆起他在他一生中最吓人的时候给予我的怜惜,忆起他从卑鄙的施瓦勃林手中救出了我的未婚妻。

祖林给我放了假。几天之后,我就能重新置身于家人中间,再次见到我的玛丽娅·伊万诺夫娜……突然,一场意外的风暴降临到我身上。

在我准备归家的那一天,就在我准备上路的那一刻,祖林走进我的屋子,他手里拿着一张纸,神色非常忧虑。我的心颤动一下。不知为什么,我自己也感到了恐惧。他把我的勤务兵赶出去,说有事要对我谈。“什么事?”我不安地问。“一件不愉快的小事,”他把那张纸递给我,答道,“读一读吧,我刚刚收到的。”我读起那张纸来:这是一份给各部队长官的秘密命令,要他们无论在哪里发现我,都要将我逮捕,并立即押往喀山,送交普加乔夫案件审查委员会。

那张纸差一点从我的手里掉出去。“没办法!”祖林说,“我必须执行命令。也许,政府听到那些关于你和普加乔夫一同友好旅行的传闻。我希望这个案件不会造成任何后果,希望你能在委员会面前洗清自己的罪名。别苦恼了,走吧。”我的良心是清白的;我不怕审判;但是,一想到那甜蜜的相会又要推迟,也许会推迟好几个月,我感到可怕。大车已经准备好。祖林友好地和我道别。我被押上大车。两个手持出鞘军刀的骠骑兵坐在我身边,我就这样走上了大路。

第十四章　审　判

世间的流言，
海上的波浪。

——谚语

我相信，我的罪名不过就是擅自离开奥伦堡。我很容易为自己辩白：骑马出城打游击不仅从未被禁止，而且还得到全力鼓励。我可能被认为过于莽撞，却不会被指控为违抗军令。但是，我和普加乔夫的友好关系曾为许多证人所证实，这种关系至少是极其可疑的。一路上，我都在想我面临的审判，考虑该如何回答问题，我决定在法庭上道出所有实情，我认为这是一种最简单、同时也最可靠的辩白方式。

我来到遍地废墟、满目疮痍的喀山。街道两旁原先是住房的地方，如今却是一堆堆黑炭，一堵堵烟熏火燎的、没有屋顶和窗户的残壁断垣矗立在那里。这就是普加乔夫留下的痕迹！我被带到这座烧焦城市中幸存的一个城堡里。两个骠骑兵把我交给一个看守军官。那军官叫来铁匠。我被戴上脚铐，脚铐还被钉死。然后，我被送进监狱，关在一间又小又黑的单身囚室里，囚室里四壁光秃秃的，只有一扇装着铁栅的小窗户。

这样的开端对于我来说可不是什么好兆头。但我既未丧失勇气，也未失去希望。我采用了所有受委屈的人都要采用的自慰方式，第一次感觉到，发自一颗纯洁、但已破碎的心灵的祈祷是那样的甜蜜。我平静地入睡了，并不去担心我之后的遭遇。

第二天，监狱的看守叫醒我，说委员会要提审我。两个士兵押着我走过院子，来到城堡司令的屋子，两个士兵留在前厅，让我一个人走进里面的房间。

我走进一个相当宽敞的大厅。一张摆满纸张的桌子后面坐着两个人：一个上了年纪的将军，模样严厉冷峻；一个年轻的近卫军大尉，年纪大约二十八岁，外表非常讨人喜欢，举止灵活而又随意。窗边另摆有一张桌子，桌后坐着一个耳朵上夹着一杆鹅毛笔的书记员，他俯身面对一张纸，正准备记录我的供词。审问开始了。问了我的姓名和职务。将军问我是不是安德列·彼得罗维奇·格里尼奥夫的儿子。听了我的回答后，他严肃地说道："可惜啊，他那样一个可敬的人竟有这么一个不肖之子！"我镇静地回答，我无论面临什么样的指控，都希望用我对事实问心无愧的陈述来推翻指控。我的自信让他感到不高兴。"老弟，你挺能说的啊！"他皱了皱眉头，对我说，"但比你还能说的人，我们也见识过！"

这时，那个年轻人向我发问：我是在什么场合、什么时间开始为普加乔夫服务的，我都执行过普加乔夫的哪些任务。

我愤怒地回答，我是一名军官，一个贵族，我从来没有为普加乔夫服务过，也不会从他那里接受任何任务。

“那么为什么，”我的审讯者反问，“单单你这一名军官和贵族被那个自封为帝的人赦免了，而你所有的战友却被残酷地杀害了呢？为什么只有你这一名军官和贵族与叛匪们一起友好地吃喝，还收下了匪首的皮袄、马匹和半个卢布等礼物呢？如果你没有叛变投敌，或者至少，如果你没有出现过卑鄙、有罪的懦弱，怎么会产生并保持这种奇怪的友谊呢？”

这名近卫军军官的话让我深感委屈，我情绪激烈地辩解起来。我说道，我如何在一场暴风雪中与普加乔夫在草原上相识，在白山要塞陷落时他又如何认出我并赦免了我。我说，我的确心安理得地接受了那个自封为帝的人所赠的皮袄和马匹，但我曾竭尽全力为保卫白山要塞与那个强盗作战。最后，我提到我的将军，说他可以证明我在奥伦堡围困战时的忠诚表现。

那个严峻的老头从桌上拿起一封信，大声念了起来：

“承蒙阁下垂询有嫌卷入此次叛乱并违背军法和誓言与匪首相勾结的格里尼奥夫准尉之情况，特奉告于此：此格里尼奥夫准尉自去年（1773 年）10 月起在奥伦堡服役至今年 2 月 24 日，该日他出城，从此未归我之部队。据投诚者称，他曾至普加乔夫村寨并与普加乔夫一同到过他曾驻防之白山要塞；至于他的行为，我可以……”他在这里停止朗读，严厉地问我：“你现在还有什么可辩解的吗？”

我本想像开头那样继续说下去，像说其他事情一样开诚布公地说明我和玛丽娅·伊万诺夫娜的关系。但是，我突然感觉到一种难以忍受的厌恶。我想到，如果我说出她的名字，委员会肯定会传她来受询；她的名字会与恶棍们可恶的名字纠缠在一起，她自己也会被带来与那些恶棍对质，这个可怕的想法使我心头一震，于是我便打住话头，慌乱起来。

已开始带着某种关注听我回答的两位法官，见我慌乱了，便又恢复了先前的敌视。近卫军军官要求让主要的告发者来与我对质。将军下令将那个恶棍带上来。我迅速转身面对门口，等待我那位揭发者出现。几分钟后，响起一阵镣铐声，门开了，走进来的原来是施瓦勃林。他的变化让我感到吃惊。他瘦得吓人，脸色煞白。他原先漆黑的头发完全花白了；长长的胡须也乱成一团。他用低沉，但坚定的声音重复了他的指控。他说，我是普加乔夫派到奥伦堡去的奸细；我每天出城射击，是为了把城里的情况传递出去；最后，我又公然投靠那个自封为帝的人，与他一同到过多处要塞，千方百计谋害与他同样叛变的战友，以便谋取他们的位置，博得自封为帝者的奖赏。我静静听着他的话，使我唯一感到满意的是，这个可恶的家伙没有提起玛丽娅·伊万诺夫娜的名字，这也许是因为，想到那个姑娘曾轻蔑地拒绝他，他的自尊心使他感到难堪；也许是因为，他的内心还残存着一星感情的火花，也就是那种使我保持沉默的感情，——无论如何，白山要塞司令女儿的名字始终没有当着委员会的面被提起。于是，我的主意更加坚定，当法官问我怎样才能反驳施瓦勃林的指控时，我回答，我坚持自己开头的解释，我没有其他什么需要辩白的了。将军下令把我们带出去。我和施瓦勃林一起走出来。我平静地看了他一眼，但是没对他说一句话。他投过一个恶毒的嘲笑，然后提起镣铐，超过我，加快脚步走了。我又被带回监狱，此后便再也没有被提审。

我以下要告诉给读者的一切，并不是我的亲眼所见；但是，我多次听说过这些故事，甚至连那些最细小的细节都被铭刻在我的记忆里，因此我觉得，那些事情似乎就是我的亲身经历。

玛丽娅·伊万诺夫娜受到我父母热情慷慨的接待，那副热心肠是老一辈人特有的。能有机会收留、关照一个可怜的孤女，他们认为这是上帝的恩赐。他们很快就真心喜欢上她，因为在了解了她之后，谁都不可能不爱她。父亲已不再觉得我的爱情是一场胡闹；而母亲则一门心思地希望她的彼得鲁什卡能与这位可爱的大尉女儿成婚。

我被捕的消息使全家大为吃惊。玛丽娅·伊万诺夫娜向我父母讲述了我与普加乔夫的奇异相识，她的叙述非常坦诚，不仅没有使我的父母担心，而且还不时逗得他们开怀大笑。父亲不愿相信我会参与那场旨在推翻朝廷、消灭贵族的可鄙暴乱。他对萨维里奇做了一番严厉盘问。老仆人没有隐瞒，说少爷是在叶米里扬·普加乔夫那里做过客，那个恶棍也很照顾他；但他发誓说，他从来没有听说什么叛变的事。两位老人安下心来，开始着急地等待好消息。玛丽娅·伊万诺夫娜十分焦虑，但是她沉默不语，因为她天生就非常地谦逊和谨慎。

又过了几个星期……突然，父亲接到我们的亲戚Б公爵从彼得堡发来的信。公爵对他谈了我的事。在几句通常要有的客套话之后，他通知父亲说，关于我参与叛乱阴谋的怀疑不幸被证实了，本应判我死刑，但女皇出于对其父的功绩和高龄的尊重，决定赦免这个有罪的儿子，让他免受可耻的死刑，只命将他终身流放至西伯利亚边远地区。

这个意外的打击几乎要了我父亲的命。他丧失了他惯有的坚定，常用痛苦的抱怨来发泄忧伤（那忧伤通常是闷在心底的）。“什么？”他控制不住自己的时候就一遍又一遍地说，“我儿子居然参与了普加乔夫的阴谋！正直的上帝啊，瞧我活到了什么份上！女皇赦免他的死刑，难道这样我就能好受些吗？死刑并不可怕；我祖父就死在红场的高台上，可他是为了捍卫他良心上神圣的东西而死的；我父亲也是和沃伦斯基、赫鲁晓夫一起遇难的。一个贵族竟然背叛自己的誓言，去勾结强盗，勾结杀人犯，勾结逃亡的奴仆！……这真是我们家族的奇耻大辱啊！……”母亲被他的绝望之情吓坏了，不敢当着他的面哭泣，还竭力给他打气，说流言并不可信，说世人的意见靠不住。我父亲并未因此感到安慰。

玛丽娅·伊万诺夫娜比任何人都更加痛苦。她深信，只要我愿意，我随时都可以证明自己无罪，于是她便猜度实情，意识到她自己就是我的不幸之根源。她在所有人面前掩饰起自己的眼泪和痛苦，与此同时却一直在设想解救我的方法。

一天晚上，父亲正坐在沙发上翻阅《宫廷年鉴》；不过他的思绪跑得太远，因此，这次阅读没有对他产生通常那种作用。他用口哨吹着一首古老的进行曲。母亲默默地织着一件毛衣，泪水不时滴落在她手中的毛衣上。突然，也坐在那里织衣服的玛丽娅·伊万诺夫娜开口说道，她必须到彼得堡去，她请求两位老人能帮助她上路。母亲非常伤心。“你干吗要去彼得堡呢？”她说，“难道连你，玛丽娅·伊万诺夫娜，也想离开我们吗？”玛丽娅·伊万诺夫娜回答，她整个未来的命运都取决于这次旅行，她要以一个忠诚殉难者女儿的身份，去寻求大人物的保护和帮助。

我的父亲垂下头：凡是能让人想到他儿子可疑罪行的话语都会使他感到难受，都会被他当成尖锐的指责。“你去吧，姑娘！”他叹息着对玛丽娅·伊万诺夫娜说，“我们不想妨碍你的幸福。愿上帝赐给你一个好人做未婚夫吧，而不是一个可耻的叛徒。”他站起身来，走出房间。

玛丽娅·伊万诺夫娜和母亲单独地留在一起，便把自己计划的一部分告诉了母亲。母亲泪流满面地拥抱她，求上帝保佑她所设想的事能有个圆满的结局。玛丽娅·伊万诺夫娜的行装准备停当，几天之后，她便带着忠诚的帕拉涉和忠诚的萨维里奇上路了，萨维里奇被迫和我分手之后，想到是在侍候我的未婚妻，他多少也得到了一些安慰。

玛丽娅·伊万诺夫娜顺利地来到了索菲亚，她在驿站里得知，宫中人士此时就在皇村，于是便决定留在这家驿站里。她在隔板后面占据一个小角落。驿站长的妻子很快与她攀谈起来，说自己是宫中锅炉工的侄女，她对玛丽娅·伊万诺夫娜谈了许多宫中生活秘闻。她谈到：女皇通常几点起床，几点喝咖啡，几点散步；当时侍奉在女皇身边的是哪几位大臣；昨天女皇在餐桌边说了些什么话，晚上又接见了什么人，——总之，安娜·弗拉西耶夫娜的谈话顶得上好几页历史笔记，对于后代来说也是颇为珍贵的，玛丽娅·伊万诺夫娜认真听着。她们来到花园里。安娜·弗拉西耶夫娜向她讲述每一条小道、每一座小桥的历史，散完步，她们回到驿站时，彼此都觉得非常满意。

第二天一早，玛丽娅·伊万诺夫娜醒来，她穿好衣服，悄悄来到花园。早晨美极了，阳光照耀着椴树的树梢，那些椴树已在凉凉的秋意中换上金黄色的衣裳。宽阔的湖面微波不兴，反射着晨光。醒来的天鹅端庄地游出岸边的草丛。玛丽娅·伊万诺夫娜走到一块漂亮的草地边，这草地上刚刚竖起一座纪念碑，它是为庆祝彼得·亚历山大罗维奇·鲁缅采夫新近那些胜利而立的。突然，一只英国种白色小狗叫了起来，迎面向她跑来。玛丽娅·伊万诺夫娜吓着了，便止住脚步。就在这时，传来一个女人悦耳的声音："别害怕，它不咬人的。"玛丽娅·伊万诺夫娜看到一位太太，她坐在纪念碑对面的一条长椅上。玛丽娅·伊万诺夫娜坐到长椅的另一端。那位太太仔细地看着她；玛丽娅·伊万诺夫娜也向她投去几瞥，已将她从头到脚地打量了一番。那太太穿着白色的晨衣，头戴睡帽，披一条坎肩。她大约四十岁。她的脸庞红红的，很丰满，面色端庄而又安详，她那双天蓝色的眼睛和她淡淡的微笑，都具有难以言传的美。那位太太首先打破了沉默。

"您大概不是本地人吧？"她问。

"是的，我昨天刚刚从外省来。"

"您是和亲人们一起来的吗？"

"不是。我一个人来的。"

"一个人来的！您年纪不大啊。"

"我没有父亲，也没有母亲。"

"您来这儿一定有什么事吧？"

"是的。我有事来求女皇。"

"您是孤女，看来，是来上诉不公平、受欺负的事吧？"

"不是。我是来请求宽恕，而不是来控告人的。"

"请问，您是什么人？"

"我是米罗诺夫大尉的女儿。"

"米罗诺夫大尉！就是奥伦堡一座要塞的司令？"

"正是。"

太太看来是被感动了。"如果我这是干涉了您的事情，"

她用更温柔的嗓音说道，“那么就请您原谅；但是我常常去宫中；请您对我说，您有什么请求，我也许可以帮助您。”

玛丽娅·伊万诺夫娜站起身来，恭敬地向她道了谢。这位身份不明的太太身上的一切，不知不觉地就能唤起好感，博得信任。玛丽娅·伊万诺夫娜从口袋里掏出一张折起来的纸，把它递给素不相识的女保护人，那位太太默默地读了起来。

起初她读得很认真，很专注；但是突然之间，她的脸色变了，一直关注着太太一举一动的玛丽娅·伊万诺夫娜，见她一分钟前还那样好看安详的脸色一下子变得严峻起来，便感到害怕了。

“您是为格里尼奥夫求情？”太太冷淡地问，“女皇是不会原谅他的。他和那个自封为帝的人相勾结，并不是由于无知和轻率，而是因为他本人就是一个不道德的害群之马。”

“啊，这不是事实！”玛丽娅·伊万诺夫娜喊了起来。

“怎么不是事实？”太太脸色通红，反驳道。

“这不是事实，真的不是事实啊！我什么都知道，我这就来告诉您。他是为了我才承担那一切的。他没有在法庭上替自己辩护，那仅仅是因为他不想把我也牵连进来。”于是，她便激动地叙述了我的读者早已知晓的一切。

太太认真听完她的话。然后，她问道：“您住在哪里？”听说玛丽娅·伊万诺夫娜是住在安娜·弗拉西耶夫娜那里，太太便微笑着说：“哦，我知道了。再见吧，您不要对任何人说起我们的会见。我希望，您的上诉信能很快得到回复。”

说完这话，她站起身来，走进藤架覆盖的小道。心中充满欢乐希望的玛丽娅·伊万诺夫娜回到了安娜·弗拉西耶夫娜那里。

女主人责怪她不该在秋天的清晨去散步，照她的话说，这对年轻姑娘的身体是有害的。她端来茶炊，倒了一杯茶，正准备长谈一通宫中的事情，就在这时，一辆宫中马车突然停在台阶边，一位宫廷侍卫走进来说，女皇召米罗诺夫的女儿进宫。

安娜·弗拉西耶夫娜大吃一惊，忙活起来。“啊呀，上帝!”她喊了起来，“女皇召您进宫。她怎么会知道您呢?您一个小姑娘，哪里知道怎么去见女皇呢?我说，您连怎样在宫里走路都不会呢……要不要我陪您去?我至少可以给您指点指点嘛。您这身旅行穿的衣裙哪里能行?要不要派人到接生婆那里去把她那件黄礼服借来?”宫廷侍卫说，女皇要玛丽娅·伊万诺夫娜一个人去，穿什么样的衣服都行。没什么办法了，于是，玛丽娅·伊万诺夫娜便带着安娜·弗拉西耶夫娜的忠告和祝福坐上马车，往宫中驶去。

玛丽娅·伊万诺夫娜预感到我俩的命运将被决定；她的心猛烈地跳动，几乎窒息。几分钟后，马车在皇宫边停下。玛丽娅·伊万诺夫娜忐忑不安地走上台阶。皇宫的门在她面前依次打开。她走过一长串空空的大房间；宫中侍卫为她引路。最后，侍卫走到几扇紧闭的门前，说要前去通报，留玛丽娅·伊万诺夫娜一个人站在那里。

一想到就要面对面地见到女皇，她感到害怕，两只脚几乎站不稳了。一分钟后，房门打开，她走进女皇的梳妆间。

女皇坐在自己的梳妆台前。围在她身边的几名宫中女仆恭敬地给玛丽娅·伊万诺夫娜让开地方。女皇亲切地向她转过身来，玛丽娅·伊万诺夫娜立即认了出来，这就是片刻之前听她开怀倾诉的那位太太，女皇把她叫到跟前，微笑着说："我很高兴能履行对您许下的诺言，满足您的请求。您的事情了结了。我相信您的未婚夫是无罪的。这里有一封信，请您交给您未来的公公。"

玛丽娅·伊万诺夫娜用颤抖的手接过信，她哭了，跪在女皇的脚下，女皇把她扶起来，并吻了她。女皇还和她交谈起来。"我知道，您不富裕，"女皇说道，"但是我对米罗诺夫大尉的女儿负有责任。请别担心您的未来。我要为您建立家业。"

安抚了这个可怜的孤女，女皇便让她走了。玛丽娅·伊万诺夫娜回去的时候坐的还是那辆宫中马车。迫不及待地等着玛丽娅·伊万诺夫娜回来的安娜·弗拉西耶夫娜向她抛去一大堆问题，玛丽娅·伊万诺夫娜也做了一些回答。安娜·弗拉西耶夫娜虽然因玛丽娅·伊万诺夫娜的健忘而感到不满，但她认为这是外省人的害羞，于是也就宽宏大量地原谅了玛丽娅·伊万诺夫娜。当天，顾不得去看一眼彼得堡城，玛丽娅·伊万诺夫娜便启程回乡了……

———————

彼得·安德列耶维奇·格里尼奥夫的笔记至此中断。从他家族的传说中得知：由于女皇的命令，他于1774年年底获释；普加乔夫被处死刑时，他也在场，普加乔夫在人群中认出他，还向他点了点脑袋，那颗脑袋一分钟后便被砍了下来，鲜血淋淋地展示给民众看。此后不久，彼得·安德列耶维奇便与玛丽娅·伊万诺夫娜成婚。他们的后代在辛比尔斯克省过着幸福的生活。在离××城三十里的地方有个村子，它属于十个地主。在其中一位老爷的住房里，还挂着一封镶在镜框里的叶卡捷琳娜二世的亲笔信。这封信是写给彼得·安德列耶维奇的父亲的，信中宣布他的儿子无罪，并称赞米罗诺夫大尉的女儿聪颖善良。我们是从彼得·安德列耶维奇·格里尼奥夫一个孙子那里得到他的手稿的，他的孙子知道我们正在撰写一部著作，研究他祖父描写过的那个时代。在征得亲属的同意后，我们决定单独发表这部手稿，仅在每章的开头加了相应的题目，并冒昧地更换了几个姓名。

出版人

1836年10月9日

附录　被删去的一章

我们迫近伏尔加河岸；我们团开进××村，在该村宿营。村长对我说，河对岸的所有村庄全都暴动了，普加乔夫匪帮到处横行。这个消息使我感到非常不安。我们应该在次日早晨渡河。一阵难耐袭上我的心头。我父亲的村庄就在河对岸，离河岸有三十里。我问能不能找到一位摆渡人。这里的农民全都是渔夫；小船很多。我到格里尼奥夫那里，对他说了自己的打算。“你得小心，”他对我说，“一个人去很危险啊。等到天亮吧。我们第一批过河，我们领五十名骠骑兵去你父母那里做客，以防万一。”

我坚持自己的打算。一条小船准备好了。我与两名船夫坐上船。他们撑船离岸，划起桨来。

天空明朗。月光照耀。没有一丝风，伏尔加河在平稳安详地流淌。小船微微摇晃，飞快地滑过深暗的波浪。我沉浸在幻想中。过了约半个小时。我们已经到了河中央……突然，两个船夫彼此低语起来。“怎么回事？”我被惊醒了，问道。“我们不知道，鬼才知道。”船夫回答，老是望着一个方向。我也向那个方向望去，看见黑暗中有个东西正沿着伏尔加河向下漂来。那个不明物体越来越近。

我让船夫停下来，等那东西靠近。月亮躲进云中。那浮动的物体越发模糊了。它离我们已经很近，可我还是辨认不出它。“这是什么东西啊？”船夫说，“船帆不像船帆，桅杆不像桅杆……”突然，月亮钻出云层，映亮了一幅可怕的场景。迎面向我们漂来的是一副钉在木筏上的绞架，绞架的横梁上吊着三具尸体。一种病态的好奇心控制了我。我想看一看那几个被绞死者的脸。

根据我的吩咐，两个船夫用钩竿钩住木筏，我的小船靠上漂浮的绞架。我一步跳过去，站在两根可怕的立柱间。一轮明月映亮那三位不幸的人扭曲的脸庞。其中一个是年老的楚瓦什人，另一个是俄罗斯农民，一个身强力壮、二十来岁的小伙子。然而，在看到第三个人时，我却大吃一惊，忍不住悲戚地喊道：这是万卡啊，我可怜的万卡，他一时愚蠢投靠了普加乔夫。他们的头顶上方钉着一块黑色木板，上面写着白色大字：“窃贼和暴乱者”。两个船夫无动于衷地看着，用钩竿钩着木筏，等着我。我回到小船上。木筏顺河漂了下去。黑黢黢的绞架久久地摆动着。终于，它消失了，我的小船也靠上了又高又陡的河岸……

我慷慨地付钱给船夫。其中一位船夫领我去见渡口边这个村子的村长。我和他一起走进一间农舍。听说我要马，村长对我相当不客气，但我的向导轻声对他说了几句话，他的严厉便立即转化成了匆忙的殷勤。转眼间，一辆三套马车就准备好了，我坐上马车，吩咐拉我去我们家的村子。

我奔驰在大路上，走过一座座沉睡的村庄。我担心的事情只有一件：在半道上被拦截。如果说我夜间在伏尔加河上的所见说明此地有暴乱者，那么它同时也表明政府采取了严厉的应对措施。为防不测，我的口袋里揣有普加乔夫给我的通行证和格里尼奥夫上校的手令。但是我什么人也没碰到，天快亮的时候，我看到一条小河和一片松树林，我们的村子就在那片松林后面。车夫鞭打着马，一刻钟后我们便驶进了××村。

老爷的府邸坐落在村子的另一端。马儿全速奔跑。突然，在街当中，车夫勒住了马。"怎么回事？"我焦急地问。"有哨卡，老爷。"车夫回答，并使劲让疯跑的马停下来。果然，我看到一处障碍和一个手持木棍的哨兵。那农夫走到我身边，脱下帽子，要看我的证件。"什么意思？"我问他，"干吗在这里设路障？你在给什么人放哨？""老爷，我们暴动啦。"他挠着脑袋，答道。

"你们老爷在哪儿？"我问道，心都凉了……

"我们老爷在哪儿？"农夫重复了一遍，"我们老爷在粮仓里呢。"

"怎么会在粮仓里？"

"是乡里的文书安德留哈把他给铐起来了，他想把他们送到皇上老爷那里去。"

"我的上帝！快把路障搬开，你这个傻瓜。你还愣着干吗？"

哨兵迟疑着。我跳出马车，给了他一个耳光（我有罪），自己搬开路障。我眼前这个农夫木讷地、犹豫不决地看着我。我又坐上马车，吩咐去老爷的府邸。粮仓在院子里。在上了锁的门边同样站着两个手持木棍的农夫。马车正停在他们眼前。我跳下马车，径直向他们扑去。“把门打开！”我对他们说。看来，我的模样很吓人。至少，他俩都扔下木棍逃开了。我想砸锁，把门撬开，但那门是橡树做的，巨大的锁也很难砸开。这时，一个身材匀称的年轻农夫从仆人的住房走出来，带着傲慢的神情问我怎么敢在此闹事。“文书安德留什卡在哪儿？”我冲他吼道，“叫他来见我。”

“我本人就是安德列·阿法纳西耶维奇，而不是什么安德留什卡，”他傲慢地叉着腰，回答我说，“你要干什么？”

我没有搭腔，而是一把揪住他的衣领，把他拖到粮仓门口，命他开门。文书还想顽抗，但父亲般的惩罚对他起了作用。他掏出钥匙，打开粮仓的门。我迈过门槛，屋顶上一道窄缝里透进一线微弱的光，在被那道光微微映亮的角落里，我看到了母亲和父亲。他们双手被捆绑着，脚上戴着镣铐。我扑过去拥抱他们，一句话也说不出来。他俩吃惊地看着我，三年的军事生涯大大改变了我，使他们一时没能认出我来。母亲哎呀一声，眼泪夺眶而出。

突然，我听到一个可爱的熟悉声音：“彼得·安德列伊奇！是您啊！”我呆住了……我环顾四周，看到了另一个角落里的玛丽娅·伊万诺夫娜，她也被绑着。

父亲默默地看着我，几乎无法相信自己的眼睛。欢乐之情涌上他的脸庞。我急忙用军刀割断捆绑他们的绳索。

“你好，你好，彼得鲁沙，”父亲把我揽到胸前，对我说，“感谢上帝，我们终于等到你了……”

“彼得鲁沙，我的勇士，”母亲说道，“上帝把你给派来啦！你好吗？”

我急忙要把他们带出牢房，但当我走到门边，发现门又被锁上了。“安德留什卡，”我喊了起来，“开门！”“这可不行，”文书在门外回答，“你自己也在这里待着吧。我们要来教教你怎么闹事，怎么揪皇上官员的领子！”

我开始查看粮仓，看看有没有什么法子逃出去。

“别费劲了，”父亲对我说，“我可不是那样的主人，会留一条贼道让人进出我的粮仓。”

因为我的出现而一时高兴的母亲，见我也将和全家同归于尽，便又陷入绝望。但是，和父母、和玛丽娅·伊万诺夫娜到了一起之后，我却越来越镇静了。我有一把军刀和两支手枪，我有能力抵挡围攻。格里尼奥夫会在傍晚前赶到，解救我们。我把这些话告诉父母，又忙着安慰母亲。他们这才完全沉浸于相见的喜悦。

“好吧，彼得，”父亲对我说，“你也淘够了，我当然也生过你的气。但是旧事不提了。我希望如今你能改正过来，不再胡闹。我知道，你像一个诚实的军官那样在军中服役。谢谢。你让我这个老头子得到了安慰。要是你能救出我们，生活就会给我带来双倍的欢乐。”

我含泪吻了他的手，又看了玛丽娅·伊万诺夫娜一眼，她因我的到来而十分高兴，因此她看上去非常幸福和安详。

将近正午的时候，我们听到一阵不同寻常的喧闹声和叫喊声。“怎么回事?”父亲说，“莫非你的上校赶到了?”“不可能，”我回答，“傍晚之前他是赶不到的。”喧闹声越来越大。警钟敲响。一些骑着马的人在院子里跑来跑去。这时，从墙上一道窄窄的缝隙里现出萨维里奇白发苍苍的脑袋，我可怜的仆人用悲戚的声音说道：“安德列·彼得罗维奇，阿芙多季娅·瓦西里耶夫娜，我的少爷啊，彼得·安德列伊奇，玛丽娅·伊万诺夫娜小姐，不好啦！强盗们进村了。彼得·安德列伊奇，你知道这帮强盗的头目是谁吗？就是阿列克赛·伊万内奇·施瓦勃林，让他不得好死!”听到这个可恶的名字，玛丽娅·伊万诺夫娜拍了一下手，呆住了。

“听着，”我对萨维里奇说，“你快派人骑马到××渡口去迎接骠骑兵团；快把我们的危险通报给上校。”

“派谁去呢，少爷！小伙子们全都造反了，马也全都被抢走了！哎呀！他们进院子了，就要到粮仓边上了。”

这时，门外传来好几个声音。我默默地做个手势，要母亲和玛丽娅·伊万诺夫娜躲到角落里去，然后我拔出军刀，站到门后的墙边。父亲拿起两把手枪，打开扳机，站在我身边。响起一声开锁的声音，门被打开，文书的脑袋探进来。我挥刀向那脑袋砍去，他倒下了，堵住了入口。与此同时，父亲也向门外放了一枪。包围我们的那群人叫骂着退开了。我把那个受伤的人拖出门槛，用里面的铰链把门锁上。院子里满是全副武装的人。在他们中间，我认出了施瓦勃林。

“你们别怕，”我对母亲和玛丽娅·伊万诺夫娜说，“还有希望。而您，爸爸，别再开枪了。我们要把最后的子弹保留下来。”

母亲默默地祈祷上帝；玛丽娅·伊万诺夫娜站在她身边，带着天使般的安详等待我们命运的结局。门外传来威胁和辱骂。我站在原地，准备砍倒第一个胆敢闯进来的家伙。突然，强盗们闭了嘴。我听到施瓦勃林的声音，他在叫我的名字。

“我就在这里，你想干什么？”

“投降吧，布拉宁，抵抗是徒劳的。可怜可怜你那两位老人吧。顽抗也救不了你自己。我是能制服你们的！”

“你来试试吧，叛徒！”

“我自己不会平白无故硬冲进去，也不会让手下人去送命。我会叫人把粮仓点着，到那个时候我们再来看看，你这个白山要塞的堂吉诃德还有什么招儿。现在是吃饭的时候。你先坐着，闲下来的时候好好想一想。再见，玛丽娅·伊万诺夫娜，我不再请求您的原谅了，因为您和您的骑士一起躲在黑暗中，也许不会感到寂寞的。”

施瓦勃林走了，在粮仓边留下哨兵。我们没有说话。

我们每个人都在想着自己的心事，却不敢把各自的想法传达给别人。我想到这个狠毒的施瓦勃林所能做出的一切。对我自己，我几乎毫不担心。要我说句实话吗？玛丽娅·伊万诺夫娜的命运比我父母的命运更让我担心。我知道，母亲向来受到农民和仆人们的爱戴，父亲虽然严厉，但也同样受人尊重，因为他为人正直，也深知他手下人的真正需要。农民和仆人们的暴动只是一种迷误，是一时的醉意，而非仇恨的发泄。所以，父母也许能得到宽恕。可是玛丽娅·伊万诺夫娜呢？那个好色的、没良心的人为她准备下了怎样的命运呢？我不敢多想这个可怕的念头，求上帝饶恕，我宁愿杀死她，也不愿在此看到她落入那个残酷坏人的魔掌。

又过了近一个小时。村子里响起醉汉的歌声。看守我们的哨兵羡慕他们，就拿我们出气，辱骂我们，拿折磨和死亡来恐吓我们。我们在等待施瓦勃林之威胁的后果。终于，院子里又出现了很大的动静，我们再次听到施瓦勃林的声音：

"怎么样，你们想好了吗？是不是自愿向我投降啊？"

谁也没有回答他。施瓦勃林等了一会儿，然后让人去搬干草。几分钟后，火苗腾了起来，映亮黑暗的粮仓，烟雾也从门槛下的缝隙里钻了进来。这时，玛丽娅·伊万诺夫娜走到我身边，握住我的手，平静地说：

"够了，彼得·安德列伊奇！请您别为我而伤害您自己和您父母。您放我出去吧。施瓦勃林会听我的。"

“绝对不行，”我生气地说，“您知道等待您的是什么吗？”

“我是不会忍受耻辱的。”她静静地回答，“但是也许，我能救出我的恩人和他全家，你们一家这么慷慨地收留了我这个孤女。再见了，安德列·彼得罗维奇，再见了，阿芙多季娅·瓦西里耶夫娜。你们不仅仅是我的恩人哪。请你们为我祝福吧。彼得·安德列伊奇，请您原谅我。请您相信，我……我……”说到这里，她哭了起来……她用手捂住脸……我像疯了似的。母亲也在哭。

“别再胡说了，玛丽娅·伊万诺夫娜，”我父亲说，“谁也不会放你一个人到强盗那里去的！就坐在这里，别作声。要死，就死在一起。听，外面在说什么？”

“你们投不投降啊？”施瓦勃林喊道，“你们看见了吗？再过五分钟，你们就要被烤熟了。”

“我们不会投降的，你这个恶棍！”父亲嗓音坚定地回答。

他那布满皱纹的脸庞由于惊人的兴奋而容光焕发，两只眼睛在白色的眉毛下威严地闪烁。他转身对我说：

“现在是时候啦！”

他打开门，火苗蹿进来，烧着一根根布满干苔藓的木梁。父亲放了两枪，越过着火的门槛，高声喊道：“都跟我来！”我抓起母亲和玛丽娅·伊万诺夫娜的手，飞快地把她们领到外面。门槛边躺着施瓦勃林，他被我父亲那双衰老的手开枪击中。被我们意外的突围吓跑的一群强盗，鼓足勇气，又开始向我们围拢过来。我又挥刀砍了几下，但一块扔得很准的砖头正砸中我的胸口。我倒下了，一时间失去了知觉。等我醒来时，看到施瓦勃林坐在血迹斑斑的草地上，他的面前是我们一家。我被人架着。一群农民、哥萨克和巴什基尔人围在我们四周。施瓦勃林的脸色非常苍白。他用一只手按着受伤的肋部。他的脸上流露出痛苦和恶毒。他慢慢抬起头，看了我一眼，用微弱、含混的声音说道：

“绞死他……把他一家都绞死……除了她……”

一群强盗立即围起我们，叫喊着把我们拖向大门口。但是，他们突然撂下我们，四散而逃；格里尼奥夫骑马冲进大门，在他身后是手举出鞘马刀的整个骑兵连。

———————

暴乱者们四下逃窜；骠骑兵们追赶他们，挥刀砍杀，并将他们俘虏。格里尼奥夫跳下马，向我父母鞠了一躬，又紧紧握了握我的手。“我总算及时赶到了，”他对我们说，“啊！这位就是你的未婚妻呀。”玛丽娅·伊万诺夫娜的脸红到了耳根。父亲走到他身边，向他表示感谢，父亲虽然激动不已，但仍保持一副平静的神情。母亲拥抱了他，称他为救命天使。“请光临寒舍吧。”父亲对他说道，然后领他向我们家走去。

在从施瓦勃林身边经过的时候，格里尼奥夫停下脚步。“这个人是谁?”他看着这个负伤的人，问道。“他就是匪首，这伙强盗的头目，”我父亲带着某种能显示老军人身份的高傲回答，“上帝帮忙，让我用我衰老的手惩罚了这个年轻恶棍，为我儿子报了仇。”

“这就是施瓦勃林。”我对格里尼奥夫说。

“施瓦勃林！我非常高兴。骠骑兵们！把他带上！叫我们的军医给他包扎伤口，要像保护眼珠一样保护他。施瓦勃林一定要被送交喀山军机委员会。他是主犯之一，他的口供会是很重要的。”

施瓦勃林睁开疲倦的眼睛。除了肉体的痛苦外，他的脸上没有流露出任何表情。骠骑兵们用一件斗篷把他抬走了。

我们走进房间。我颤抖着打量四周，回忆起自己的幼年岁月。家中的一切均未改变，所有的东西都在原地。施瓦勃林不让人抢劫这座房子，他的内心卑鄙至极，但他无意之间还是保持着对无耻的贪婪之心的厌恶。仆人们出现在前厅。他们没有参加暴动，他们诚心诚意地庆幸我们的获救。萨维里奇得意扬扬。要知道，是他趁强盗们进攻所引起的慌乱跑到马房，给拴在那里的施瓦勃林的马套上鞍子，悄悄牵出它，混乱之中神不知鬼不觉地骑马跑到渡口。他遇到已在伏尔加河北岸休息的团队。格里尼奥夫从他那里得知我们的险境，便要大家上马，下达出发命令，全速前进，谢天谢地，他终于及时赶到了。

格里尼奥夫坚持要把文书的脑袋挂在酒馆前的竿子上

示众几小时。

骠骑兵们追击归来，抓住了几个人。他们被关进那间粮仓，我们曾在那里进行了一场值得纪念的围困战。

我们每个人都回到自己的房间。老人们需要休息。整整一夜没合眼的我扑倒在床上，沉沉地睡去。格里尼奥夫忙自己的事去了。

晚上，我们大家围坐在客厅的茶炊旁，愉快地谈论着已经过去的危险。玛丽娅·伊万诺夫娜在斟茶，我坐在她身边，一个劲儿看她。我的父母似乎也在关注我们之间的温情。直到今天，这个晚上还鲜活地留存在我的记忆中。我很幸福，我十分地幸福，在一个人可怜的一生中，这样的时刻难道能有许多吗？

第二天，有人来报告父亲，说农民们到老爷的院子里来请罪。父亲走到台阶上去见他们。他一出现，农民们就跪了下来。

“怎么，傻瓜们，”父亲对他们说，“你们怎么想到要造反呢？”

“我们有罪，你是我们的老爷。”他们异口同声地回答。

“当然有罪。你们胡闹一通，现在自己又后悔了。上帝让我和儿子彼得·安德列伊奇又见面了，为了这件高兴事，我就饶了你们。好了，俗话说：刀剑不砍认罪的脑袋。有罪！你们当然有罪。上帝赐给好天气，该收干草了；可你们这些傻瓜，整整三天都在干吗？村长！叫每个人都去割草吧；小心点，你这个红头发魔鬼，在伊里亚节之前要把所有干草都给我码成垛。你们忙去吧。”

农民们鞠了一躬，干活去了，像是什么事情也不曾发生。

施瓦勃林的伤并不致命。他被押往喀山。我从窗户看见他被抬上大车。我们的目光相遇了，他低下脑袋，我也赶紧离开窗口。我不愿面对敌人的不幸和屈辱而表现出扬扬得意的神情。

格里尼奥夫打算继续前进。我决定跟他一起走，虽然我很想与家人一起多待几天。出发的前一天，我来到父母身边，按当时的习惯跪在他们脚下，求他们祝福我和玛丽娅·伊万诺夫娜的婚姻。两位老人扶起我，含着喜悦的泪水宣布了他们的赞同。我把脸色苍白、浑身颤抖的玛丽娅·伊万诺夫娜领到他们面前。两位老人为我们祝福……我当时的感觉，我就不再描述了。谁若是置身于我的境地，就是没有我的描述也能理解我，谁若是不曾有这样的体验，那我只能为他感到惋惜，并奉劝他趁时光尚未流逝，赶紧恋爱，然后去接受父母的祝福。

第二天，全团集合，格里尼奥夫和我的家人告别。我们大家都相信，军事行动很快就将结束；一个月后我就有望做新郎。玛丽娅·伊万诺夫娜与我道别，当着大家的面吻了我。我骑上马。萨维里奇又将随我出行，随后，团队出发了。

我久久地在远处看着那幢乡间屋子，我再次离别了它。一阵阴暗的预感使我不安。似乎有人在对我耳语，说我的不幸并未完全结束。心灵已经预先觉察到一场新的暴风雪。

我将不去描写我们的征战和普加乔夫战争的结束。我们经过一座座被普加乔夫毁坏的村庄，却不得不从不幸的居民那里抢走强盗们给他们剩下的东西。

村民们不知道该服从谁。各地的行政机关全部瘫痪。地主们都躲进森林。叛匪的部队四处作恶。被派去追击当时已逃至阿斯特拉罕的普加乔夫的各部队长官，随心所欲地惩处有罪的人和无罪的人……所有的地方都燃起大火，场面惨不忍睹。上帝啊，别再让人目睹这俄国的暴动了，这毫无意义的、残酷至极的暴动！那些想在我们这里实现不可能之转折的人，要么过于年轻，不了解我们的人民，要么铁石心肠，对于他们来说，他人的脑袋仅值四分之一戈比，他们自己的脖子也只值一戈比。

普加乔夫被伊·伊·米赫尔松追得乱跑。很快我们便得知，他被彻底打垮。最后，格里尼奥夫从他的将军那里得到消息，说那个自封为帝的人已被抓获，同时，格里尼奥夫也接到了停止行动的命令。终于，我可以回家了。我高兴极了；但是，一种奇怪的感觉却给我的欣喜投下了一层阴影。